MIRJAM MÜNTEFERING

Kalle und Kasimir – Der Geheimnisvolle Nachbar

Weitere Titel der Autorin:

Kalle und Kasimir – Die rätselhafte Wahrsagerin
Kalle und Kasimir – Flitterwochen im Pfötchenhotel
Hund aufs Herz
Vom Glück der Pferde
Heute ist für immer
Weihnachten mit Bolle
Eine himmlische Freundschaft

Über die Autorin:

Mirjam Müntefering, geboren 1969 im Sauerland, studierte Theater- und Filmwissenschaften sowie Germanistik und arbeitete als Fernsehredakteurin. Seit dem Jahr 2000 schreibt sie Jugendbücher und Romane für Erwachsene. Nachdem sie mehrere Jahre lang eine eigene Hundeschule betrieb, konzentriert sie sich inzwischen ganz aufs Schreiben. Sie lebt mit ihrer Partnerin und ihren Hunden im Ruhrgebiet.

Mirjam Müntefering

KALLE & KASIMIR

Der geheimnisvolle Nachbar

Ein tierisches Abenteuer

lübbe

MIX
Papier aus verantwortungsvollen Quellen
FSC® C014496

Dieser Titel ist auch als E-Book erschienen

Vollständige Taschenbuchausgabe
der bei Bastei Lübbe erschienenen E-Book-Ausgabe

Umschlaggestaltung: Jeannine Schmelzer
unter Verwendung von Motiven von © fotolia/vpardi, © shutterstock/
Africa Studio, ©Potapov Alexander/shutterstock, © BK foto/shutterstock,
© HAKINMHAN/shutterstock
Satz: 3w+p GmbH, Rimpar (www.3wplusp.de)
Gesetzt aus der Aldus LT Std
Druck und Verarbeitung: GGP Media GmbH, Pößmeck
Printed in Germany
ISBN 978-3-404-17961-9

2 4 6 5 3

Sie finden uns im Internet unter www.luebbe.de
Bitte beachten Sie auch: www.lesejury.de

1. Kapitel – Kasimir

Seit kurzem haben wir Gäste. Aber ich will doch sehr hoffen, dass sie nicht lange bleiben werden. Ich frage mich auch, warum sie überhaupt hier sind. Meine liebste Linna und ich, wir brauchen doch niemanden sonst.

Linna ist zwar nur ein Zweibeiner, aber sie hat wirklich Stil. Sie bewegt sich tänzerisch, beinahe wie auf Samtpfoten, und duftet immer herrlich nach Veilchen. Sie und ich, wir sind ein ideales Paar. Während Linna tagsüber unsere hübsche Wohnung verlässt, etwa um auf die Jagd nach Dosenfutter zu gehen, habe ich hier alle Freiheiten der Welt und bin niemandem zur Rechenschaft verpflichtet.

Ist es trocken und nicht zu kalt, schlüpfe ich durch die Katzenklappe und streife elegant durch den grünen Garten. Dabei muss ich nur aufpassen, dass ich dem Großen Weißen mit dem Knautschgesicht nicht begegne, denn mit diesem ungehobelten Kerl ist nicht gut Mäuse essen. Aber wenn die Luft rein ist, kann ich bei meinen Spaziergängen unauffällig alle Grundstücke rundherum sondieren, und genau das ist meine eigentliche Berufung: Wenn ich eines Tages hinaus in die Welt gehe, werde ich Detektiv.

Bis es so weit ist, lerne ich abends vor dem Fernseher alles, was ich wissen muss. Erfreulicherweise sieht Linna sich nämlich genauso gerne Kriminalgeschichten an wie ich. Das ist von Vorteil, denn Katzenpfoten sind zwar zu allerlei zu gebrauchen, für die Knöpfe auf der Fernbedienung aber leider nicht ideal geeignet. So kann ich also abends den Kommissaren im Fernsehen ein paar Kniffe abschauen und tagsüber im freien Feld üben. Sofern es draußen warm und trocken ist.

Regnet oder schneit es aber, liege ich auf meinem hübschen Deckchen auf der Fensterbank und beobachte alles, was auf der Straße vor sich geht. Nebenbei demonstriere ich den Nachbarn auf diese Weise, dass hier Leute mit Niveau wohnen.

Für mich und Linna ist alles bestens geregelt. Wozu also diese Idylle stören? Besuch ist doch im Grunde immer lästig. Dieser hier ganz besonders.

Der Zweibeiner würde ja noch gehen. Mads heißt er. Meine liebste Linna, die zweifelsohne über einen tadellosen Geschmack verfügt hätte sie sonst mich als ihren engsten Gefährten ausgewählt? , scheint ihn jedenfalls außerordentlich zu mögen. Sie schmiegt sich beinahe ununterbrochen an ihn, säuselt mit ihrer einschmeichelnden Stimme kleine, feine Nichtigkeiten und kocht die leckersten Sachen. Selbstverständlich bekomme nach wie vor ich die besten Brocken zugesteckt und darf anschließend als Einziger behaglich schnurrend auf der Sofalehne liegen. Im Grunde wäre gegen diesen Teil des Besuchs also nichts einzuwenden.

Doch Mads ist leider nicht allein gekommen.

Er hat etwas mitgebracht, das nicht nur meiner, sondern wahrscheinlich jeglicher Vorstellung von Stil und Eleganz komplett widerspricht: Kalle. Schon der Name lässt mich schaudern. Würdeloser geht es ja wohl nicht.

Aber damit nicht genug! Kalle hat zwar vier Beine, wie es sich für einen anständigen Charakter gehört, doch was tut er damit? Laufen. Nichts als laufen. Weder kann er sich damit sein mit Sabber verschmiertes Gesicht säubern, noch im Garten eine der rasend schnellen Mäuse fangen.

Schnelligkeit oder gar Wendigkeit sind sowieso nicht sein Metier. Wie auch, wenn er einen viel zu dicken Bauch über den kurzen Beinen trägt und selbst im liegenden Zustand eher röchelt als atmet? Mit seinem Umfang könnte sich dieser Klops natürlich niemals durch meine Katzenklappe quetschen, geschweige denn kommen und gehen, wie es ihm beliebt. Davon abgesehen, ist dieses Klobig-Kompakte einfach unschick.

Und dann auch noch diese Farbe! Die Farbe ist vollkommen indiskutabel. Kalle ist nämlich weder charmant gescheckt noch geschmackvoll getigert, schon gar nicht in solch strahlendem Rot-Weiß wie ich. Nein, er ist schwarz. Schwarz von der winzig kleinen, zwischen zahnsteingepeinigtem Gebiss und hervorquellenden Augen eingequetschten Nase bis zum sich unkontrolliert ringelnden Schwanz, den er über dem Rücken trägt. Ein speckig glänzendes, gruseliges Schwarz, düster wie die dunkelste Nacht.

Das Allerschlimmste an Kalle ist jedoch seine blendend gute Laune. Wo er geht und steht, verströmt er die unheilvolle Aura des ewig Vergnügten. Er freut sich einfach über alles.

Als Mads und er vor ein paar Tagen hier angekommen sind, habe ich gedacht, der lackfarbene Witzbold wollte mich auf den Arm nehmen. Er warf sich vor Linna auf den Boden, und die war sich leider nicht zu schade, ihm lachend den beschämend nackten Bauch zu kraulen. Als sie dann seinen Namen säuselte und sich mir vor Entsetzen alle Nackenhaare aufstellten , rollte Kalle vor lauter Überschwang seine lange, rote Zunge aus und hechelte ihr seinen dünstigen Atem entgegen.

Mit einer Begeisterung, die an Irrsinn grenzte, stürmte er danach durch alle Zimmer, schnüffelte röchelnd in den entlegensten Ecken und ließ sich schließlich mit einem tiefen, glücklichen Grunzen in sein Körbchen fallen, das Mads neben unser Sofa gestellt hatte.

Dieses Körbchen war das Indiz. Das Zeichen für einen längeren Aufenthalt. Denn nur wer länger zu Besuch bleibt, braucht ein eigenes Bett. Dieser Quälgeist wird nicht so schnell wieder verschwinden, habe ich entsetzt kombiniert.

Da hilft nur noch, von Anfang an klarzustellen, wer hier der tonangebende Vierbeiner im Haus ist. Ich bin also betont langsam auf ihn zugeschlendert, ohne ihn dabei aus den Augen zu lassen. Auf keinen Fall blinzeln! Und schon gar nicht zurückweichen!

Als ich bis auf etwa einen Meter herangekommen war, sagte Mads zu Linna: »Er tut Kalle doch nichts, oder?«, und ich muss sagen, es gefiel mir, dass sich in seine sonore Stimme ein leicht besorgter Unterton eingeschlichen hatte.

»Kasimir ist hier der Herr im Haus«, erklärte Linna ihm ganz richtig. »Ich schätze, das will er nur mal eben demonstrieren.«

Genauso war es! Ich sag es doch: Linna und ich sind das perfekte Paar und brauchen niemanden sonst. Wir verstehen einander.

In diesem Moment richtete sich das schwarze Etwas in seinem Körbchen auf, betrachtete mich neugierig aus seinen hervorquellenden Augen und sagte: »Dann musst du wohl der Kasimir sein? Tach auch!«

Seine plumpe Vertraulichkeit ließ mich entsetzt innehalten. Meine Haare sträubten sich wie von selbst.

Kalle rollte begeistert mit den Augen. »Wow! Das machst du aber echt super. Sag mal, wie kriegst du das denn hin, dass dein Schwanz so absolut gerade stehen bleibt? Sieht aus wie ne Flaschenbürste. Voll krass, ey!«

Mir rutschte ein leises Fauchen heraus. Flaschenbürste!

»Kasimir«, sagte Linna zu mir, und ihre Stimme klang nun auch ein bisschen besorgt. »Schön lieb sein, okay?«

Mads rutschte an den Rand der Sofakante, nah zu Kalle.

Der stand nun plötzlich im Körbchen. Ich machte mich schon zum Sprung bereit, denn das konnte nur Angriff bedeuten.

Doch statt sich auf mich zu stürzen, wandte Kalle mir sein hässliches Hinterteil zu und wackelte mit dem, was er wohl für das Gegenstück zu meinem prächtigen buschigen Schwanz hielt. »Guck mal, anders krieg ichs nicht hin«, sagte er und bog den kurzen Hals so weit nach hinten, dass er mir sowohl seinen Ringelschwanz als auch sein breites Gesicht zuwandte. »Hey, weißt du was? Ich hab ne coole Idee! Wie wärs, wenn du mir deinen Trick zeigst? Ich zeig dir dafür einen von meinen!«

»Was macht er denn da?«, wollte Linna leise von Mads wissen.

»Deeskalation«, raunte Mads ein wenig nervös.

»Und was für ein Trick soll das sein, den du mir zeigen willst?«, fragte ich mit einem dunklen Knurren, das tief in meiner Kehle grollte.

Kalle drehte sich wieder vollständig zu mir um und setzte sich erneut auf sein Hinterteil. »Tja, lass mal sehen. Kannst du vielleicht schon ... ähm ... kannst du bellen?« Er bellte ein paarmal kläglich heiser. Offenbar war mir jedoch anzusehen, dass ich daran nicht interessiert war. »Oder vielleicht Kusselkopp?« Er steckte den breiten Kopf zwischen die o-förmigen Hinterbeine und rollte einmal quer durchs Körbchen. Ein Purzelbaum schlagender Mops! Das war schwer auszuhalten. »Auch nicht? Ich kann auch Give-me-five, das ist so was wie Pfötchen auf Englisch, verstehste? ... Au ja, Give-me-five ist cool. Spitze, oder? Hm ... Oder hungrig gucken. Ooooaaah! Ich bin sooo hungrig! Hab ichn Hungääär! Findest du nicht, dass ich das am allerbesten kann? ... Ich kann aber auch noch diese Nummer mit meinen Ohren. Zuck, zuck, zuck sieht irre aus, oder? ... Was kann ich denn noch? Lass mal überlegen. Irgendwas find ich bestimmt, was ich dir zeigen kann ...«

Was ihm als Nächstes eingefallen wäre, weiß ich nicht. Ich habe mich langsam umgedreht und bin erhobenen Hauptes davongegangen.

Das also ist Kalle.

Dieses schwarze Etwas verkörpert alles, was ich nicht brauche. Gibt es Gäste, die lästiger sind?

Ich bin sicher, Linna wird auch bald merken, dass unser Leben schöner war, als wir noch allein waren.

2. Kapitel – Kalle

Das hier muss echt das Paradies sein!

Unsere neue Wohnung ist riesengroß. Es gibt mindestens vier Zimmer! Und einen Garten direkt am Wohnzimmer dran. Man muss keine einzige Stufe steigen, um reinzukommen!

Mein Mads und ich, wir hätten es wirklich nicht besser treffen können!

Die supernette Linna hab ich ja schon ne kleine Weile gekannt. Sie ist absolute Spitze da sind Mads und ich uns einig. Schon allein, wie sie uns anlacht! Und immer hat sie einen leckeren Happen für mich in der Tasche ein Traum von einer Zweibeinerin! Aber als wäre das allein nicht schon genug, um einen Kusselkopp nach dem anderen zu schlagen, hat sie auch noch son hammercoolen Typen bei sich wohnen: Kasimir! Der ist das Beste an unserem neuen Zuhause.

Kasimir weiß überall voll Bescheid. Kennt jeden Winkel im Garten und in der Wohnung. Und dann diese Nummer mit seinem Schwanz! Au Mann, ich sach ma, ich werde echt viel üben müssen, bis ich das so gut hinbekomme. Fürs Üben muss ich vorher natürlich Kräfte sammeln. Und da kommt auch wieder Kasimir ins Spiel, denn das Allergrößte an ihm ist: Er kann gigantisch hoch springen. Zum Beispiel auf den Küchenschrank. Das ist genau die Höhe, auf der die Keksdose und jede Menge herrlicher Schweinereien stehen.

Bestimmt werden wir n super Team! Und deswegen ist das hier echt das Paradies.

Dabei hab ich es früher auch nicht schlecht gehabt. Hab bei Opa Schulze gelebt, in ner kleinen Wohnung in nem Häuserblock, um den man in weniger als fünfzehn Minuten rumlaufen konnte super! Anschließend gab es immer n Leberwurstbrot für uns beide. Und wenn das Wetter schön war, waren wir im Schrebergarten über die Straße. Ich durfte neben den Beeten in der Sonne liegen, und immer wenn Willi vom Garten gegenüber oder Elsbeth von der Würstchenbude vorbeikamen, ging voll die Gaudi ab.

Willi hat mir n Haufen toller Tricks beigebracht. Und jedes Mal gabs ein Leckerchen dafür. Bei Elsbeth hab ich dann gelernt, hungrig zu gucken. In so ner Würstchenbude gibts nämlich jede Menge Reste. Gerade richtig für den kleinen schwarzen Kumpel vom Opa Schulze!

Aber dann ... Tja, weiß gar nicht genau, was passiert ist an diesem einen Tag im Schrebergarten. Da ist Opa Schulze nämlich plötzlich umgefallen, mitten in die Möhren. Und es gab ne riesige Aufregung mit großen Autos, bunten Lichtern und haufenweise fremden Zweibeinern.

Schließlich fuhren die Autos wieder ab. Opa Schulze haben sie mitgenommen, und am Ende standen nur noch wir drei da: Willi, Elsbeth und ich.

Die beiden sahen erst mich und dann einander an.

»Was machen wir denn jetzt mit Kalle?«, fragte Elsbeth ratlos. Ich war etwas verwirrt. Machen? Mit mir machen? Wie jetzt?

»Ich kann ihn nicht nehmen«, sagte Willi da. »Ich arbeite unter der Woche, und in meiner Wohnung sind keine Haustiere erlaubt. Kann ihn ja nicht den ganzen Tag hier im Schrebergartenschuppen lassen.«

Elsbeth seufzte. »Na, und ich kann ihn doch auch nicht mit in meinen Imbiss nehmen. Da steigt mir das Gesundheitsamt aufs Dach.«

Wieder sahen sie sich lange an.

»Also … dann … machen wir es gemeinsam?«, fragte Willi schließlich. Elsbeth nickte.

Zusammen fuhren wir in Willis Auto zu nem großen Gelände. Hinter einem hohen Zaun hörte ich ne Menge Hunde bellen.

»Ähm … hört mal«, sagte ich zu Willi und Elsbeth. Klar weiß ich, dass Zweibeiner uns eigentlich nicht verstehen. Aber manchmal kann ich es nicht lassen, es doch mal zu versuchen. In Ausnahmesituationen. Und das war definitiv eine Ausnahmesituation. »Hört mal, also, das klingt nach ner Menge Ärger da drin! Achtet mal auf diese eine besonders tiefe Stimme. Der Typ ist bestimmt siebenmal so groß wie ich. Und dann dieser hysterische Hund, der ständig schreit: Ich mach euch alle kalt! … Also, mir wäre es echt lieber, wir würden da nicht reingehen.«

Natürlich funktionierte es auch dieses Mal nicht. Obwohl Willi und Elsbeth durchaus zu verstehen schienen, dass ich lieber draußen bleiben wollte, gingen wir rein. Und, was soll ich sagen, es war noch schlimmer als vermutet. Es war einfach grauenvoll.

Nachdem Willi und Elsbeth lange mit einer Frau in ner grünen Hose gesprochen hatten, knuddelten sie mich beide noch mal, und Elsbeths Gesicht schmeckte ziemlich salzig. Dann waren sie verschwunden. Und ich saß plötzlich in einem winzig kleinen Zimmerchen mit Gittern davor und zwei, ich sach ma, mürrisch dreinblickenden Dackeln in der Ecke.

In der Schrebergartenkolonie hatte es die Dackeldame Heidi gegeben, die immer für einen kleinen Flitzer um die Beete zu haben war und über meinen Kusselkopp jedes Mal furchtbar lachen musste.

»Tach!«, sagte ich deswegen freundlich zu den beiden Dackeln in der Ecke. Man kann sich schließlich nicht aussuchen, wie man aussieht. Vielleicht hatten Dackel einfach solche Gesichter.

»Pah!«, sagte der eine Typ. Der andere starrte mich nur weiter griesgrämig an.

»Wie jetzt, pah?«, hakte ich nach. Schließlich hatte ich gerade nichts anderes zu tun. So ein Schwätzchen kann einem doch die Zeit vertreiben. Aber da kannte ich diese Kerle bisher noch schlecht.

»So was Dickes, Hässliches wie dich hatten wir schon lang nich mehr«, sagte nämlich im nächsten Moment der Erste. »Dich will bestimmt keiner haben. Du wirst hier warten, bis du … bis du …«

»Bis du schwarz wirst!«, sagte der andere Dackel. Und die beiden lachten schäbig.

Tja, und so war es dann auch.

Am Anfang dachte ich ja noch, Opa Schulze würde irgendwann vorbeikommen und mich abholen. Oder Willi und Elsbeth würden mich zumindest besuchen. Aber Tag um Tag verging, und nix geschah.

Mit jeder Nacht, die ich dösend auf der Decke in meiner Ecke lag, wurde ich ein bisschen trauriger. Und das war mir bisher noch nie passiert.

Jeden Tag kamen Zweibeiner vorbei, die durch alle Gittertüren starrten und diskutierten, wen von uns sie mit nach Hause nehmen wollten. Mich sah dabei aber niemand so genau an. Wie soll man da seine gute Laune behalten?

Das einzige Highlight am Tag war die Zeit, wenn einer von den vielen grünbehosten Zweibeinern das Futter brachte. Doch der Napf war viel zu schnell wieder leer. Und der Rest des Tages war eine öde Weite ohne n einzigen Grund, sich mal so richtig zu freuen.

Langsam verstand ich sogar, wie man so mürrisch werden konnte wie die beiden Dackel.

Eines Tages, es war am frühen Abend, und ich wollte mich gerade von meiner rechten auf meine linke Seite drehen, hörte ich wieder mal eine fremde Stimme.

»Ich hoffe, wir haben uns richtig verstanden? Ich würde wirklich gern einen der Hunde nehmen, die hier drinnen nicht so gut klarkommen. Einen, der sich über ein neues Zuhause so richtig freuen würde. Will ein bisschen was Gutes tun, verstehen Sie?«, sagte diese fremde, aber sympathische männliche Stimme.

»Da hab ich Sie bestimmt richtig verstanden«, erwiderte eine der Grünhosen. »Deswegen hab ich Ihnen auch als Erstes die großen Hunde gezeigt, die derzeit schwer zu vermitteln sind.«

Der fremde Zweibeiner räusperte sich. »Aber da war ja offenbar nicht der Richtige dabei. Ich meine, der Ridgeback gefällt mir ja schon sehr, aber wenn er nicht allein bleiben kann, kommt er leider nicht infrage. Der eine mit dem irre langen Fell … Also, ich glaube, da würde mich die Pflege einfach überfordern. Und der hübsche Golden Retriever hat wirklich Probleme mit Männern?«

»Ich würde es an Ihrer Stelle nicht ausprobieren«, antwortete die Grünhose schnarrend.

»Aber als wir uns am Anfang unterhalten haben, haben Sie doch von einem bestimmten Hund gesprochen, der hier sehr unglücklich ist. Wie hieß der noch? Kalle?«

Ich spitzte die Ohren.

»Ganz genau, den habe ich mir bis zum Schluss aufgespart, denn ich glaube, das ist der Richtige für Sie!« Die Stimme von der Grünhose klang ein bisschen so, als müsste sie lachen. »Er ist gleich hier um die Ecke.«

Ich setzte mich auf, und tatsächlich trat in dem Moment ein Zweibeiner vor die Gittertür und schaute herein. Er war groß und dunkelhaarig und machte eine gute Figur, fand ich. Aber, ach, diesen Blick kannte ich schon. Er wirkte irgendwie … na ja, enttäuscht.

Die beiden Dackel sprangen sofort auf und rannten nach vorn, um winselnd an der Tür zu kratzen.

»Welcher ist es denn?«, fragte der Zweibeiner.

»Der Schwarze«, sagte die Grünhose.

»Der da hinten? Der so traurig am leeren Fressnapf sitzt?«

»Genau.«

»Ist das nicht … ein Mops?«

»Richtig.«

»Wusste gar nicht, dass es die auch in Schwarz gibt.«

»Sind seltener.«

»Hm.« Der Zweibeiner betrachtete mich skeptisch. »Eigentlich wollte ich ja was Sportliches. Sie wissen schon, zum Joggen und Fahrradfahren und so.«

»Wenn Sie etwas langsamer joggen, kann der durchaus mithalten. n bisschen mehr Bewegung würde ihm guttun«, sagte die Grünhose bestimmt. »Und für Fahrräder gibt es Hundekörbe.«

»Tja, ich weiß nicht recht …«

»Der Kalle ist ein idealer Einmannhund. Hat vorher schon bei einem alleinstehenden Herrn gelebt«, sagte die Grünhose.

»Ich bin nicht alleinstehend«, antwortete der Zweibeiner empört.

»Ach? Na, ich dachte, weil sie vorhin erwähnten, dass Ihre Ex gegen Hundehaare allergisch war …«, sagte die Grünhose.

Der Zweibeiner wechselte die Gesichtsfarbe von Hellbraun zu Rot. Und das war wirklich supercool so was könnte ich nämlich nicht! »Ich meine … ich will schließlich nicht …«, stammelte er.

»Sie wollen nicht allein bleiben?«

Er nickte knapp.

»Na, dann ist Kalle doch erst recht der Richtige für Sie! Klein, niedlich, verschmust. Er kann auch ein paar Kunststücke, wurde uns gesagt. Frauen stehen auf diesen Typ Hund.«

Mit einem Mal veränderte sich das Gesicht des Zweibeiners

erneut. Der skeptische Ausdruck verschwand, und stattdessen erschien ein interessiertes Glimmen in seinen Augen. »Tatsächlich?«

Die Grünhose nickte kräftig.

»Ich glaubs nich. Der Kerl will den Dicken nehmen!«, raunte da unter dem scheinheiligen Gewinsel einer der Dackel seinem Kumpel zu.

»Dat kommt nich inne Tüte!«, gab der zurück.

In diesem Augenblick öffnete die Grünhose die Tür und flötete: »Kalle, komm doch mal her. Na komm, Kleiner!«

Ich erhob mich von meinem Stammplatz neben dem leeren Fressnapf und wollte zu ihr laufen, doch da stürzten sich mit einem Mal beide Dackel auf mich.

»Nix da! Du bleibst hier!«, knurrte der eine.

»Jetzt sind wir dran!«, bellte der andere.

Die Grünhose wich erschrocken zurück. Doch plötzlich war der fremde Zweibeiner bei mir. Er packte mit jeder Hand einen Dackel im Nackenfell und riss sie zurück. Dann wurden mit Schwung meine Beine vom Boden gehoben, und ich fühlte mich eng an eine breite, starke Brust gepresst.

Die Dackel schimpften, so laut sie konnten, aber ich achtete gar nicht drauf. Denn was ich neben ihrem Fluchen noch hörte, war so wunderbar, dass mir mit einem Schlag alles andere egal war.

Es war ein lautes, heftiges Klopfen. Son Babumm-Babumm, das ich auch in meiner Brust spüren konnte.

»Holla!«, sagte die Grünhose beeindruckt und betrachtete den Zweibeiner anerkennend. »Da waren Sie aber schnell!«

»Bin Polizist«, sagte er, während er mich weiterhin an sich drückte. »So was kann ich nicht mit ansehen. Zwei auf einen und so. Kann ich gar nichts gegen machen. Da musste ich einfach eingreifen.«

Die Grünhose lächelte. »Dann ist es wohl entschieden?«

Der Zweibeiner und ich sahen uns an. Oh Mann, echt groovy, dieser Moment. Er hatte auch braune Augen genau wie ich! Und um sie herum bildete sich plötzlich ein feines Netz aus kleinen Fältchen.

Dann sah er wieder zur Grünhose und nickte.

Und während sie vor uns herging, durch etliche Gänge, bis zu dem Tresen, an dem Willi und Elsbeth mich vor ewiger Zeit abgegeben hatten, konnte ich immer noch den Herzschlag an meiner Seite spüren.

3. Kapitel – Kasimir

Endlich wieder allein mit meiner Linna!

Seit Mads und dieses schwarze Etwas hier eingezogen sind, muss ich mir tagsüber die Wohnung ja mit Kalle teilen.

Gut, dass die sommerlichen Temperaturen es mir erlauben, durch die Katzenklappe in den Garten zu spazieren, wie es mir beliebt, während ich seine Glubschaugen hinter der Terrassentür erkennen kann.

Ich mache mir einen Spaß daraus, auf und ab zu laufen und auf dem Zaun balancierend höchst interessiert in die Nachbargärten zu schauen, die Kalle von seinem Platz aus natürlich nicht einsehen kann. Ab und zu beobachte ich dabei tatsächlich etwas Spannendes, beispielsweise unseren neuen Nachbarn Richtung Osten. Der scheint ein anderes Leben zu führen als die meisten Zweibeiner was für mich als angehenden Ermittler grundsätzlich schon interessant ist. Ein seltsamer Kerl ist das. Ich denke, den sollte ich im Auge behalten. Vor allem, da ich weiß, dass ich unseren ungebetenen Gast wahrscheinlich maßlos ärgern kann, wenn ich so gespannt hinüberstarre und er keinen blassen Schimmer hat, was mich so interessiert.

Aber jetzt bin ich ihn ja fürs Erste los. Denn heute Abend ist Mads mit dem Klops weggefahren, nachdem Linna und er sich ein wenig angefaucht haben.

»Du willst deinen Eltern den Hund vorstellen?«, hat Linna gefährlich leise gesagt. »Den Hund? Obwohl deine Mutter

Hunde überhaupt nicht mag, willst du ihn ihr vorstellen? Und was ist mit mir?!«

Mads hat sich gewunden. Er hat einfach keine Standhaftigkeit, muss ich immer wieder feststellen. »Versteh doch, Liebes«, hat er gesäuselt. »Sie haben es noch nicht so richtig verwunden, dass Nicole und ich …«

»Verstehe!«, hat Linna gezischt und ihre sonst so hübsch geschwungenen Lippen zu einem dünnen Strich zusammengepresst.

Mads scheint auch nicht gerade der Hellste zu sein. Denn er hat dieses Warnsignal einfach nicht erkannt. Anstatt sich schnurrend an sie zu schmiegen und seinen Kopf an ihrer Schulter zu reiben, hat er gesagt: »Eigentlich ist es doch ganz schön, dass sie so anhänglich sind, wenn sie jemanden ins Herz geschlossen haben … Das wird bei dir auch so sein, wenn sie dich erst mal kennengelernt haben.«

»Darauf werde ich mich die ganze Zeit freuen, während ich auf die Gnade zu einer Audienz warte!«, hat Linna gefaucht.

»Was soll das denn heißen?«, hat Mads zurückgefaucht.

Worauf Linna geknurrt hat: »Das soll heißen, dass du dich jetzt wohl besser auf den Weg machst.«

Mads ist aufgesprungen. Ebenso Kalle, der das Gezanke in seinem Körbchen schlicht verschlafen hat, bis Mads plötzlich seine Leine vom Haken geschnappt hat. Und dann sind die beiden verschwunden.

Ach, wunderbar! Jetzt sind Linna und ich endlich mal wieder ganz allein wie zu unseren besten Zeiten.

Anfangs läuft sie noch etwas aufgeregt hin und her, während ich auf der Sofalehne liege und sie mit meinen Jadeaugen durch die ganze Wohnung verfolge.

Sie schnappt sich das Telefon und drückte eine einzelne Taste. Das kenne ich schon.

Doch entgegen ihrer üblichen Gewohnheit folgt kein langes, emotional geführtes Gespräch. Linna sagt nur: »Amelie?

Bist du vielleicht doch zu Hause? … Hm … Ja, also, falls du vor zehn zurückkommst, kannst du gerne noch zurückrufen, wenn du möchtest. Du glaubst nicht, was Mads sich gerade geleistet hat. Ich bin auf hundertachtzig. Also … ruf auf jeden Fall zurück, wenn du rechtzeitig zu Hause bist. Bis später. Tschüss!«

Danach spült Linna in der Küche ein paar Gläser ab, wischt hier und da auf den Regalen herum und murmelt dabei allerlei Verwünschungen gegen Mads und diese gewisse Nicole.

Schließlich bereitet sie ein Schälchen mit Chips und Schokolade vor, lässt sich neben mich aufs Sofa gleiten und greift zur Fernbedienung. Ah! Es ist Krimiabend! Zeit für meine Lehrmeister in Sachen Verbrechensaufklärung, die schlauen Kommissare, denen ich schon bald nacheifern werde.

Aber heute verfolge ich den Fall nicht so aufmerksam wie sonst. Schließlich will ich diese Situation nicht ungenutzt verstreichen lassen.

Ich erhebe mich majestätisch, recke mich genussvoll und springe dann mit einem sanften Hops mitten auf Linnas Schoß.

»Huch!«, macht sie, doch sie lächelt. Und als ich meinen Kopf an ihrer Hand reibe, scheint ihr endlich einzufallen, dass sie nicht allein hier ist.

»Ach, Kasimir, du bist doch immer noch mein Bester!«, seufzt sie und krault ausgiebig meinen Nacken. Das liebe ich, muss ich gestehen. Auch erfolgreiche Detektive dürfen durchaus ein Faible für Wellness-Angebote haben. Und jetzt kann ich meines endlich mal wieder so richtig ausleben.

Linna krault nicht nur meinen Nacken, sondern auch mein Kinn, meine Brust, und als ich mich wohlig schnurrend hinlege und meinen weich behaarten, stets sauberen Bauch präsentiere, krault sie mich auch da göttlich!

Linna hat nämlich eine spezielle Ausbildung zum Kraulen gemacht. Sie macht das beruflich. Aber natürlich bin ich die einzige Katze, die jemals in den Genuss kommt. In der Regel kümmert sie sich um kranke Menschen, und sie sagt immer, dass sie ihre Arbeit sehr gerne macht.

Während ich Linnas liebevolle Behandlung genieße, wird sie selbst ganz butterweich, das kann ich ihr ansehen, wenn ich sie aus meinen halb geschlossenen Augen ab und zu anblinzele.

»Mein kleiner, süßer Schmusebär«, säuselt sie und pustet zärtlich in mein Ohr, sodass ich damit zucke. »Wir beide, hm? Wir gehören doch wirklich zusammen, oder?«

Ich maunze einmal kurz, um ihr zu verstehen zu geben, dass ich ihr vollkommen zustimme.

Sie hält im Kraulen kurz inne, um sich die Augen zu wischen. Diesen Moment will ich nutzen, um sie zu einem besonderen Leckerbissen zu überreden. Vielleicht ein Scheibchen von dem kalten Braten, der immer so köstlich aus dem Kühlschrank duftet?

Von dem beinahe gelösten Kriminalfall habe ich sowieso nicht viel mitbekommen, also springe ich vom Sofa und wende mich mit hoch gerecktem Schwanz zu ihr um.

Doch sie versteht meine Aufforderung leider vollkommen falsch.

»Ah!«, macht sie und grinst verschmitzt. »Ich weiß genau, was du willst!« Und bevor ich auch nur einen weiteren samtpfotigen Schritt in Richtung Küche machen kann, zieht sie etwas aus der Sofaritze heraus.

Oh nein! Es ist die Rappelmaus!

Diese Rappelmaus ist der einzige Haken an unserer Beziehung.

Aus irgendeinem Grund hat Linna einen wahren Narren an diesem Ding gefressen. Sie liebt es, dieses mausgroße, mit Fell bezogene Klapperteil durch die ganze Wohnung zu schleudern, während ich ihm nachjage, es fange, so tue, als wollte es mir entkommen, es schließlich zu Linna zurückbringe und die ganze Zeit vorgebe, ich hätte einen Heidenspaß an diesem langweiligen Spiel.

Im Repertoire eines Katers ist tiefes Seufzen nicht genetisch verankert. Aber wenn ich es könnte, würde ich es jetzt tun.

Noch einmal blicke ich in Richtung Küche. Doch dann denke ich daran, wie Linna mir gerade stundenlang Nacken und Bauch gekrault hat, und entscheide: Augen zu und durch! Wenn es ihr so wichtig ist, mache ich eben mit!

Schließlich geht es heute Abend ja nicht nur um die brisante Frage »Braten oder Rappelmaus?«, sondern es geht um etwas viel Wichtigeres: Wenn ich es schaffe, Linna deutlich zu machen, dass es uns allein doch viel besser geht als mit Mads und dem schwarzen Rollmops, löst sich mein Problem von selbst, und sie setzt die beiden wieder vor die Tür. Schnurr, schnurr!

Ich setze also alles ein, was ich habe. Ich hechte nach dem rappelnden Stück totem Fell, als gälte es, einen echten Verbrecher zu fassen. Ich sträube alle Haare, richte den Schwanz auf und simuliere Fluchtversuche der Gestellten.

Linna hat richtig Spaß an der Sache. Sie lacht laut und feuert mich an. Und ich muss sagen, dass es tatsächlich etwas hat, wenn sie derart mitgeht. Nicht, dass ich es gerne tun würde. Aber wenn sie laut »Ja, Kasimir! Pack sie dir! Lass sie nicht wieder entwischen!« ruft und dann ausgelassen kichert, weil ich mit dem gemeinen Schuft in totem Fell ringe, dann kann ich mir durchaus vorstellen, wie es eines Tages sein wird, wenn ich echte Verbrecher jage.

Weil wir beide so vertieft sind, dauert unser Spiel wohl länger als sonst. Denn als bereits die Abspannmusik vom Krimi läuft, passiert das eine, das nie und auf keinen Fall passieren dürfte.

Gerade setze ich zu einem besonders gelungenen Angriff an: Ich renne mit hoch gerecktem Schwanz schräg auf die Rappelmaus zu, ducke mich zum Sprung, und … da ertönt von der Wohnzimmertür her eine amüsierte Stimme: »Das macht ihr also, wenn ich nicht da bin.«

Vor Schreck springe ich gut einen halben Meter in die Höhe und fahre fauchend herum.

»Na, na, Kleiner, ich bins doch nur«, lacht Mads. Neben ihm steht, mit offener Schnauze und Augen groß und rund wie Glasmurmeln, Kalle.

Oh nein! Er hat zugeschaut! Er hat gesehen, wie ich Kasimir, stattlicher, rot-weiß gestreifter Kater auf dem Weg zu einer steilen Ermittlerkarriere mit einer Rappelmaus spiele! Wie demütigend!

Kalle sagt: »Voll krass, ey!«

Und Linna sagt, in einem komplett anderen Tonfall: »Ach, da seit ihr ja schon wieder.« Dann erhebt sie sich vom Boden und klopft sich den Rock ab.

Als sie wieder aufsieht, steht Mads bereits vor ihr.

»Liebes, es tut mir so leid!«, sagt er und streift mit den Fingerspitzen ihren Arm.

»So?«, sagt Linna, aber schon deutlich weniger kühl.

Verflixt, ich hoffe, sie kippt jetzt nicht wieder!

»Ja. Man sollte nicht so ungut auseinandergehen, wenn man sich für ein paar Stunden nicht sieht, oder?«, fährt Mads fort.

»Na ja«, sagt Linna und schaut ihn von unten herauf abwartend an.

»Und du hattest recht«, setzt Mads hinzu.

»Meinst du das wirklich?«, fragt sie.

»Natürlich. Würde ich es sonst sagen?«

Sie sehen sich an. So lange und so intensiv, dass sich mir alle Haare aufstellen. Wenn mich jemand derart anstarren würde, zum Beispiel also nur zum Beispiel dieser riesige, weiße, knautschgesichtige Kater von drüben ... Brrr, es schaudert mich.

Aber für Linna und Mads scheint es vollkommen in Ordnung zu sein. Und noch mehr als das, denn plötzlich liegen sie sich in den Armen.

Na toll! Das sieht so aus, als wäre mein gesamter Einsatz des Abends vollkommen umsonst gewesen.

Nachdem sie einen Augenblick rumgeschmust haben, sagt Mads: »Ich hab sie eingeladen.«

»Eingeladen?«, wiederholt Linna mit großen Augen. »Du hast deine Eltern zu uns eingeladen?«

»Ja. Zum Essen. Ich koch Thailändisch, da steht meine Mutter total drauf. Und sie freuen sich, dich bei der Gelegenheit kennenzulernen!«

Linna starrt ihn wieder an.

Er blickt zurück, ein bisschen ängstlich, wie mir scheint.

»Du hast ihnen von mir erzählt?«, fragt Linna dann vorsichtig.

»Den ganzen Abend lang!«, antwortet Mads.

»Ähm …«, macht Kalle da. Er hat bisher immer noch mich angestarrt, das habe ich aus dem Augenwinkel sehr wohl wahrgenommen. Aber jetzt scheint er trotzdem etwas von dem Gespräch mitbekommen zu haben. »Das stimmt aber nicht so ganz, Mads. Ihr habt doch auch ganz viel von dieser Nicole gesprochen und darüber, wie es ihr jetzt geht und dass sie bei deinen Eltern zum Kaffee war und so …« Doch dann unterbricht er sich selbst. »Ach verflixt«, sagt er zu mir. »Manchmal vergess ich einfach, dass sie uns nicht verstehen können.«

»Ist vielleicht auch besser so«, stelle ich fest.

»Wieso? Ich hätte doch ein Missverständnis aufklären können«, erwidert er.

»Wie blöd kann man sein?!«, murmle ich.

»Wieso jetzt? Hä? Wieso?«, will er wissen.

Ich antworte nicht mehr.

Mads und Linna sehen zu uns her.

»Mittlerweile scheinen sie sich auch ein bisschen anzufreunden, oder?«, meint Mads. »Sieht so aus, als würden sie sich freuen, sich wiederzusehen.«

Linna lächelt liebevoll. Aber leider nicht nur in meine Richtung, sondern auch deutlich zu Kalle hinüber. Dann guckt sie plötzlich verschmitzt und flötet: »Aber nicht so sehr, wie ich mich freue, dich wiederzusehen!«

»Ist das wahr?«, schnurrt Mads.

»Und ob!«

Wieder schmusen sie herum. Und dann fasst Linna ihn an der Hand und zieht ihn mit sich zum Schlafzimmer. Dabei ist es noch nicht mal richtig dunkel! Pfff …

Sieht wirklich nicht so aus, als wollte sie Mads und sein lästiges Anhängsel wieder rauswerfen. Auf diesem Wege werde ich den Köter also nicht wieder los. Dann muss ich mir wohl etwas anderes ausdenken.

4. Kapitel – Kalle

Au Mann! Kasimir hat es echt voll drauf!

Ich weiß gar nicht, wann ich das letzte Mal so viel Spaß hatte wie mit ihm. Vielleicht als ich einmal Opa Schulze seinen grau karierten Hausschlappen geklaut habe und er mich durch die ganze Wohnung gejagt hat, zuerst fluchend, dann kichernd am Ende hat er so gelacht, dass er sich in seinen Sessel plumpsen lassen musste.

Spaß hat man eben immer nur zu zweit.

Und zu zweit sind wir ja schließlich, der Kasimir und ich. Als wir uns kennengelernt haben, hätt ich aber echt nicht gedacht, dass er es so faustdick hinter den kleinen, spitzen Ohren hat. Ein echter Witzbold, der Kasimir!

Es ist der Tag, nachdem ich Mads Papa und Mama kennengelernt habe, und ich döse in meinem Körbchen. Kasimir geht aber nicht wie immer raus in den Garten, sondern verschwindet im Badezimmer.

Na klar, da steht seine Pipibox. Aber ich höre ihn gar nicht in der weißen Streu herumscharren. Und er kommt und kommt auch nicht wieder raus. Irgendwann werde ich neugierig, stehe auf und laufe rüber.

Kasimir hat mich wohl nicht kommen gehört, denn er sitzt ganz versunken da und betrachtet etwas an der Wand neben dem Menschenklo.

»Was machst du denn?«, will ich wissen.

Er guckt sich kurz um und sieht irgendwie, ich sach ma, ertappt aus. »Ach, gar nichts …«, sagt er und hebt ne Pfote zum Gesicht, um sie abzuschlecken. Das macht er ziemlich oft. Scheint irgendwie ein kleiner Tick zu sein. Na, so was haben wir ja alle. Aber manchmal frage ich mich schon, ob er nicht total viele Haare im Bauch haben muss. Vielleicht lässt er sich deswegen beim Fressen immer so viel Zeit?

»Was gibts denn da zu gucken?« Ich stelle mich neben ihn und starre in die gleiche Richtung wie er.

Da ist diese Rolle mit dem weißen Papier. Die hängt da immer. Hab sie noch nie besonders beachtet.

»Wofür ist die eigentlich da?«, frage ich Kasimir.

Wenn ich nämlich eins kapiert habe, dann, dass Kasimir echt schlau ist. Er weiß so vieles, was ich nicht weiß. Und es macht ihm auch nix aus, mir Sachen zu erklären. Er ist wirklich der tollste Freund auf vier Pfoten, den ich je hatte!

Jetzt lässt er seine Schnurrhaare zittern und sagt: »Ich vermute, dass sich darin irgendwas Interessantes verbirgt. Aber ich weiß selbst nicht, was es ist.«

»Wahnsinn!«, rufe ich. Bei so was kann ich immer schlecht still halten. »Ein Geheimnis! Au Mann, Kasimir. Wollen wir das Geheimnis nicht lösen? Wir zwei zusammen? Au ja! Lass uns dem Geheimnis auf den Grund gehen!« Ich zapple vor lauter Ungeduld ein wenig herum.

»Hab ich schon versucht. Aber ich bin der Lösung keinen Schritt näher gekommen«, sagt Kasimir und sieht mich dann von der Seite an. »Hast du eine Idee?«

Wow! Das ist schon ne irre Sache! Dass der megakluge Kasimir mich fragt, ob ich eine Idee habe.

Sofort bin ich noch aufgeregter. Aber ich sehe mir diese Papierrolle ganz genau an. Und dann … ja, dann habe ich tatsächlich eine Idee!

»Was ist denn mit dem Zipfel hier?«, sage ich, gehe einen Schritt vor und stupse mit der Nase dran. »Wenn man hieran zieht …« Ich nehme das weiße Ding in die Schnauze und ziehe ein wenig daran. Sofort bewegt sich die Rolle.

»Ja, das könnte funktionieren«, sagt Kasimir und klingt ziemlich beeindruckt. Ich ziehe noch mehr an dem Zipfel. Langsam gehe ich rückwärts durch die Tür in den Flur.

»Klafft eff?«, rufe ich Kasimir zu.

»Ja!«, antwortet er. »Aber da ist immer noch reichlich Papier auf der Rolle.«

Also gehe ich vorsichtig weiter ins Wohnzimmer, zweimal ums Sofa, einmal um den Couchtisch, bis zum Fernseher, von dort aus zur Terrassentür …

»Rollenende!«, ruft Kasimir da aus dem Bad.

Ich sause hin.

Doch leider ist da gar kein Geheimnis.

»Oooch«, entfährt es mir. »Das ist ja bloß ne blöde Papprolle.«

»Hm. Ja. Schade«, sagt Kasimir.

»Wieso wickeln die denn das ganze Papier um so ne blöde Papprolle?«, will ich wissen.

Doch Kasimir hat bereits den Raum verlassen.

Am Nachmittag kommt Mads vor Linna nach Hause und bleibt erst mal in der offenen Wohnungstür stehen.

»Scheiße! Kalle!«, sagt er dann und schließt rasch die Tür hinter sich.

»Falls du es noch nicht weißt«, sage ich zu ihm. »Da steckt null Geheimnis in dieser Papierrolle, die neben eurem Klo an der Wand hängt.« Aber natürlich versteht er mich nicht.

»Bist du verrückt geworden?«, zischt er. »Wenn das Linna sieht!« Er sammelt hektisch das ganze Papier ein. Doch als er es in eine Tüte gestopft, diese nach draußen getragen und ne neue Papierrolle hingehängt hat, fällt sein Blick plötzlich auf Kasimir, der auf der Sofalehne liegt und ihn beobachtet. Plötzlich sieht Mads sehr nachdenklich aus.

Später, als Linna zu Hause ist, fragt Mads vorsichtig: »Sag

mal, macht Kasimir manchmal ein bisschen Unsinn in der Wohnung?«

»Unsinn?«, wiederholt Linna verdutzt. »Was meinst du?«

»Na ja, irgendeinen Unsinn eben. Nichts Schlimmes. Aber ein bisschen Unordnung und so …?«

Linna sieht ihn genauer an. »Verheimlichst du mir was? War irgendwas, als du nach Hause gekommen bist?«

»Na ja …«, druckst Mads herum. »Die Klopapierrolle …« Und dann erzählt er ihr, wie die Wohnung ausgesehen hat.

Linna hört staunend zu und lacht dann schallend.

»Das hat Kasimir in den vier Jahren, die er jetzt bei mir ist, noch nie gemacht. Wahrscheinlich wird es wohl Kalle gewesen sein.« Sie wendet sich mir zu. »Du kleiner Racker! Hast du Langeweile gehabt?« Dazu streichelt sie mir den Kopf. Herrlich!

»Nicht direkt Langeweile. Aber Spaß hat es dann doch gemacht. Nur dass da eben kein Geheimnis drin versteckt war …«, sage ich.

Kasimir guckt zu, wie Linna mich streichelt und kost, und sieht plötzlich irgendwie schlecht gelaunt aus. Bestimmt ärgert es ihn auch, dass wir dem Geheimnis nicht auf die Spur gekommen sind.

Am nächsten Morgen liege ich wieder mal im Körbchen, als ich Kasimir auf leisen Pfoten ins Schlafzimmer schleichen höre.

Das ist wirklich komisch. Das Schlafzimmer ist nämlich nur für nachts da. Jedenfalls für Kasimir und mich. Linna und Mads verschwinden auch tagsüber manchmal da drinnen. Keine Ahnung, wieso. Weil wir dann nämlich nicht mit reindürfen.

Da Kasimir also normalerweise keine Pfote dort reinsetzen würde, flitze ich gleich hinterher.

»Was geht ab?«, frage ich ihn.

»Ich habe nachgedacht ...«, sagt Kasimir.

»Echt jetzt?«

Er starrt mich einen Moment lang an. Doch dann fährt er fort: »Ich habe nachgedacht und bin zu einem Schluss gekommen: Was auch immer in der Papierrolle im Bad versteckt war, es muss jetzt woanders allen neugierigen Blicken entzogen sein.«

Ich weiß natürlich sofort, dass er recht hat. Der Hammer! Natürlich! Das Geheimnis ist inzwischen ganz woanders versteckt! Allen neugierigen Blicken entzogen, hat Kasimir es genannt. Das heißt, auch ich kann es nicht einfach so sehen ...

»Aber wo kann es nur sein?«, überlege ich.

»Ich glaube, es ist irgendwo hier im Schlafzimmer«, flüstert Kasimir.

»Au Mann! Glaubst du wirklich?«, wispere ich zurück.

»Ganz bestimmt!«, nickt er.

Wir sehen uns beide genau um.

»Es muss irgendwo versteckt sein, wo niemand es zufällig finden würde«, raunt Kasimir.

»Vielleicht im Schrank? Da gibts jede Menge Schubladen«, schlage ich leise vor.

Doch er schüttelt den Kopf. »Nein. Andere Zweibeiner würden da als Erstes nachschauen. Wahrscheinlich ist das Geheimnis irgendwo drin, wo niemand nachschauen würde.«

Hm. Außer dem Schrank und der Kommode neben der Tür gibt es hier nur noch das kleine Tischchen und das ...

»Das Bett!«, platzt es aus mir heraus. Sofort zischt Kasimir ein »Pssst!« und sieht sich nach allen Seiten um.

»Das Bett«, wiederhole ich sehr, sehr leise. »Was ist mit den Kissen? Da kann man bestimmt was Geheimes drin verstecken, und keiner würde darin nachschauen.«

Kasimir verzieht seine kleine Schnauze zu einem wohlwollenden Lächeln. »Keiner außer einem schlauen Mops und einem klugen Kater.«

Das ist mal wieder besonders fein von ihm. Zu sagen, dass ich schlau bin. Er ist wahrscheinlich der beste Freund, den ein Mops nur haben kann. Ich versuche mir nicht anmerken zu lassen, wie stolz mich das macht.

»Aber welches Kissen könnte es wohl sein?«, überlege ich laut.

»Schauen wir doch mal nach …« Kasimir springt mit einem Satz aufs Bett und stolziert zum Kopfende, wo etliche Kissen liegen.

»Das gelbe? Oh, ich finde das gelbe besonders cool!«, schlage ich vor. Doch Kasimir geht daran vorbei.

»Oder das rote? Ja, wie wäre es damit? … Oder vielleicht das hellblaue? … Oder …«

Schließlich setzt er sich einen Moment hin, um sich am Kopf zu kratzen. Er sitzt zufällig genau vor …

»Es ist das pinke!«, rufe ich aufgeregt.

»Welches?«, fragt Kasimir verwirrt.

»Genau das, vor dem du gerade sitzt! Das mit dem großen Herzen drauf. Jetzt fällts mir wieder ein: Mads hat es Linna geschenkt, als wir hier eingezogen sind. Und sie hat es ganz lang im Arm gehalten und gesagt: Das ist das schönste, das ich je hatte!«

Kasimir betrachtet das Kissen genau. »Ich glaube, du hast recht, Kalle.«

Wow! Ich hab recht!

Kasimir tapst ein paarmal prüfend mit der Pfote darauf. »Könnte mir vorstellen, dass da was Geheimes drin ist.«

»Oh Wahnsinn! Wahnsinn!« Ich hüpfe ein paarmal auf und ab. »Guck schnell nach! Mach es auf und guck nach!«

Offenbar wird Kasimir von meiner Begeisterung richtig mitgerissen. Er beißt in das Kissen und versucht es zu schütteln. »Autsch!«, sagt er und lässt wieder los. »Das ist zu schwer für meine zarte Katzenschnauze.«

»Und jetzt?«, sage ich enttäuscht. »Aufs Bett darf ich nicht.

Das ist superheftig verboten. Ehrlich gesagt, hab ichs auch noch nie probiert. Ich hab doch mein echt bequemes Körbchen.«

Kasimir sieht mich kummervoll an. »Wie schade, Kalle! Ich hätte so gerne mit dir dieses Geheimnis geteilt. Aber ich bin doch schwächer, als ich dachte. Du mit deinem kräftigen Kiefer, du würdest das natürlich problemlos hinkriegen. Aber du hast natürlich recht … verboten ist verboten.«

Wir sehen uns an. Au Mann, es tut mir echt leid. Ich würde nämlich wetten, dass ich das Geheimnis im Nullkommanix lüften könnte.

»Andererseits …«, sagt Kasimir da.

»Ja?«

»Ach, nichts …«

»Nein, sag doch!«

»Tja, also … Als ich mal ziemlich schlimm krank war, da durfte ich die ganze Nacht im Bett schlafen. Linna hat damals gesagt, das wäre ein Ausnahmefall. Eine besondere Situation eben. Und man könnte doch sagen, dass das hier in gewisser Weise auch …?«

»… eine besondere Situation ist?«, beende ich seinen Satz. Hey, er hat recht! Wie immer!

»Es müsste ja auch niemand erfahren«, setzt Kasimir hinzu.

Genau! Keiner muss es erfahren!

»Zur Seite!«, rufe ich und laufe zurück zur Tür, um Anlauf zu nehmen. »Ich komme!«

Ich renne los, springe ab und lande tatsächlich mit den Vorderpfoten auf dem Bett. Kasimir packt mich am Hinterteil und hilft, auch den Rest raufzuziehen. Dass er dabei seine Krallen ausfahren muss, ist ja klar aber es tut trotzdem ein bisschen weh.

Doch als ich erst mal oben bin, ist das vergessen. Ich stürze mich auf das pinkfarbene Kissen, packe es und schüttle es wie wild.

Allerdings kann ich Kasimir jetzt verstehen. Es ist wirklich nicht leicht aufzukriegen. Da ist zwar ein Reißverschluss dran, aber damit bin ich, ehrlich gesagt, nicht so geschickt.

Ich versuche es wieder und wieder. Aber erst als ich das Kissen ein bisschen gegen das Fußende schlage, gibt es endlich nach. Es tut einen Plopp!, und haufenweise Zeugs quillt heraus. Schaumstoffzeugs.

Ich stecke den Kopf in den Bezug und hole so viel wie möglich davon heraus. Schließlich muss das Geheimnis irgendwo tief da drinnen verborgen sein.

Aber nachdem ich so gut wie alles hervorgezerrt habe, ist immer noch nix Geheimnisvolles zu sehen. »Fffädammt!«, sage ich und spucke die letzten Schaumstofffetzen aus.

»So ein Pech«, sagt Kasimir und sieht ebenfalls ganz geknickt aus. »Dabei waren wir doch so sicher.«

Kurz überlege ich, ob es vielleicht eines der anderen Kissen sein könnte. Doch als ich mich so auf dem Bett umsehe, wird mir plötzlich ein wenig mulmig zumute.

»Meinst du, sie merken wirklich nicht, dass wir hier oben waren?«, frage ich Kasimir.

»Bestimmt nicht. Wir tun jetzt einfach so, als wäre nichts gewesen«, sagt er und springt geschickt vom Bett.

Ich plumpse ebenfalls runter und laufe ins Wohnzimmer, wo ich mich erschöpft ins Körbchen fallen lasse. Die Geheimnissuche mit Kasimir macht zwar wahnsinnig viel Spaß. Aber auch sehr, sehr müde.

»Ich schlaf ne Runde«, gähne ich.

»Bis später«, sagt Kasimir und schlüpft durch die Katzenklappe hinaus.

Als ich später den Schlüssel im Schloss höre, weiß ich gleich, dass es diesmal Linna ist, die als Erste heimkommt.

Ich laufe ihr entgegen und begrüße sie, wie es sich gehört. Sie streichelt mich, hängt ihre Tasche an den Haken der Garderobe und dreht sich um. Ihr Blick fällt durch die offene Tür ins Schlafzimmer, und sie erstarrt.

Au verflixt! Da drinnen sieht es wirklich ... ich sach mal so ... irgendwie ... wild aus.

Linna geht langsam hinein und zum Bett hinüber. Sie greift nach dem Kissenbezug und beäugt ihn. Auch aus der Entfernung kann ich sehen, dass er nicht einfach geöffnet aussieht. Er sieht irgendwie ... zerfetzt aus. Ich muss schlucken.

In dem Moment geht die Wohnungstür erneut auf, und Mads kommt herein.

»Hallohooo!«, ruft er fröhlich. Doch dann guckt er direkt ins Schlafzimmer und verstummt.

Er geht ebenfalls hinein. Ich bleibe zögernd in der Tür stehen. Wo ist bloß Kasimir? Bestimmt liegt er noch draußen in der Wiese oder patrouilliert das Grundstück. Er könnte mir bestimmt sagen, was jetzt zu tun ist!

»Oh nein ...«, höre ich Mads sagen, als er den Stofffetzen in Linnas Hand sieht. »Das ... das tut mir wirklich superleid. Ich weiß auch nicht ...« Er dreht sich zu mir um. »Kalle!« Seine Stimme klingt mit einem Mal ganz anders, nicht mehr entschuldigend und mitfühlend, sondern ziemlich angepisst. »Was ist in dich gefahren? Komm sofort hierher und sieh dir die Bescherung an!«

»Nicht nötig. Danke«, sage ich bescheiden. »Ich seh auch von hier aus ganz gut.«

»Oh, Linna, ich weiß gar nicht, was ich sagen soll.« Mads legt vorsichtig einen Arm um Linnas bebende Schulter. »Keine Ahnung, was Kalle hat. So was hat er wirklich noch nie gemacht. Und dann auch noch mit diesem ganz besonderen Kissen! Tut mir so leid! Ich zieh sofort los und kauf dir ein neues, Schatz! Ich ...«

»Nein! Bloß nicht!«, ruft Linna da und dreht sich endlich um.

Ihre Augen sind feucht, und ihre Schultern zucken immer noch. Aber sie lacht. Sie lacht und lacht so sehr, dass sie sich kaum halten kann.

»Wie bitte?«, fragt Mads verdutzt. »Aber ich dachte … ich dachte, du liebst Kissen.«

»Tue ich auch«, sagt Linna und tupft sich die Augen. »Aber ich hasse Pink! Und erst recht Pink mit Herzchen drauf.«

»Was?« Mads schnappt nach Luft. »Aber wieso hast du dann gesagt, dass es das schönste ist, das du je hattest?«

Linna kichert noch ein letztes Mal und wird dann still. Sie guckt Mads lange an, der erleichtert, aber auch ein bisschen empört aussieht. »Ich hab es gesagt, weil du es mir geschenkt hast«, sagt sie schließlich leise.

Die beiden fallen sich wieder einmal in die Arme und knutschen.

Danach sammeln sie gemeinsam alle Schaumstoffdinger ein, und wir gehen zu dritt zum Mülleimer in der Küche, um sie zusammen mit dem pinkfarbenen Stofffetzen wegzuschmeißen.

»Nie wieder Pink!«, sagt Mads feierlich. Und sie lachen beide.

Als Kasimir kurze Zeit später hereinkommt und uns zu dritt beim Kochen findet, ist er ziemlich verwundert. Aber ich erkläre ihm die Sache mit dem pinken Kissen natürlich sofort. Ich glaube, er ist supererleichtert, dass ich keinen Ärger bekommen habe obwohl ich doch auf dem Bett war und so. Er ist schon ein echt toller Kumpel, der Kasimir!

5. Kapitel – Kasimir

Weil es mich wirklich viel Zeit und Nerven kostet, mir immer wieder etwas Neues auszudenken, um unsere ungebetenen Gäste insbesondere den einen endlich wieder loszuwerden, wäre mir fast entgangen, dass auf dem Nachbargrundstück tatsächlich irgendetwas nicht stimmt.

Merkwürdig kam es mir ja schon von Anfang an vor. Aber jetzt bin ich ganz sicher: Irgendetwas geht da vor.

Seit Kurzem wohnt in dem winzigen Häuschen neben uns dieser einzelne Mann. Das allein wäre nicht verdächtig. Ich könnte es sogar verstehen. Ich lege auch nicht viel Wert auf Gesellschaft, mit Ausnahme meiner lieben Linna. Aber wie der Fremde da wohnt, das ist mir auf jeden Fall suspekt.

Wenn man eines über Menschen wissen muss, dann, dass sie nie lange an einem Ort sein wollen, auch nicht zu Hause. Immer haben sie Ausreden, um ihr Territorium zu verlassen, und wenn es auch nur für ein paar Stunden ist. Dieses sogenannte Arbeiten ist eine dieser Ausreden. Linna und Mads sind da auch keine Ausnahme. Tag um Tag schlafen sie erst bis weit nach Sonnenaufgang, nur um dann plötzlich aus dem Bett zu springen, sich in aller Eile anzuziehen und aus dem Haus zu stürzen. Dann gibt es mal ein, zwei Tage, an denen sie noch länger liegen bleiben als üblich Linna nennt es Wochenende und nach einem ausführlichen Frühstück trotzdem irgendwann losziehen, viel entspannter als sonst, aber trotzdem: losziehen! Das nennen sie dann »etwas unternehmen«.

So sind Zweibeiner eben. Ich habe mich längst daran gewöhnt und stelle es nicht mehr infrage. Aber umso verdächtiger ist es doch, dass der neue Nachbar nebenan diesen Aufbruchsdrang nicht zu kennen scheint.

Zum ersten Mal ist mir das richtig klar geworden, als ich eines Morgens durch den Garten gestreift bin und Linna und Mads vorn in ihrer üblichen Hektik aus dem Haus gerannt sind. Kalle hat hinter der Terrassentür gestanden und zu mir hergeglotzt. Da ich auf keinen Fall in seine Richtung sehen wollte, weil er dann so gerne Grimassen schneidet und seine lächerliche Rolle vorwärts zeigt, wandte ich mich um und sah, dass der Nachbar mal wieder in der Hintertür des kleinen Hauses stand. Es war die Art und Weise, wie er dort stand und sich nach allen Seiten umsah, die mich aufmerksam machte. Dieses verstohlene Umschauen in Kombination mit der Tatsache, dass er überhaupt nicht im Sinn zu haben schien, das Grundstück zu verlassen, kam mir plötzlich höchst verdächtig vor. Ich schlich näher an den Zaun und spähte durch ein Astloch hinüber.

Nachdem der Kerl offenbar festgestellt hatte, dass kein Mensch ihn beobachtete nach Katzen hielt er mit zweibeinerüblicher Dummheit sicher nicht Ausschau , ging er rasch durch den verwilderten Garten zum alten Schuppen am hinteren Ende des Grundstücks.

Dort holte er einen Schlüsselbund heraus und schloss nicht weniger als drei Schlösser auf, die neu funkelnd an der Schuppentür hingen. Als er hinter der Tür mit dem schmutzigen Fenster verschwunden war, konnte ich hören, wie von innen ein schwerer Riegel vorgeschoben wurde.

Wenn das nicht verdächtig ist!

Das Ganze hat sich vorgestern ereignet, am Morgen, an dem ich Kalle auf die Idee bringen konnte, die Taschen von

Linnas Lieblingsjeans durchzubeißen, weil sie tatsächlich noch welche von diesen faden Hundekeksen drin vergessen hatte. Leider meldet sich bei Hunden im Allgemeinen viel zu schnell etwas, das mir persönlich nicht bekannt ist, das aber üblicherweise Gewissen genannt wird. Es war also gar nicht so einfach, diesen schwarzen Albtraum auf vier tumben Pfoten zu diesem Unterfangen zu überreden. Und so hatte ich den seltsamen Nachbarn schon wieder vergessen, als ich ihn gestern erneut durch seinen Garten schleichen sah.

Diesmal kam er gerade aus dem Schuppen, als er mir ins Auge fiel. Unter dem Arm trug er einen dunklen, flachen, eckigen Gegenstand, den er eng an den Körper gepresst hielt. Wieder sah er sich nach allen Seiten um, bevor er sorgfältig alle drei Schlösser an der Schuppentür verschloss und über die wild wuchernde Wiese in Richtung Haus eilte.

Da habe ich entschieden: Ich muss den nervigen schwarzen Rollmops wohl mal für eine Weile links liegen lassen und mich stattdessen um wirklich wichtige Dinge kümmern. Beispielsweise sollte ich herausfinden, was der verdächtige Nachbar stundenlang in dem alten Schuppen treibt. Und was er für ein Ding unter seinem Arm hatte.

Deshalb halte ich mich heute also nicht lange damit auf, Kalle zu allerlei Unsinn anzustiften, sondern schlüpfe schon früh durch die Katzenklappe in den Garten. Ich schleiche an der westlichen Grundstücksgrenze entlang nach Norden, geschützt durch die dortige Hortensienhecke. An der Nordseite unseres Gartens stehen viele Pflanzen mit großen Blättern. Ich ducke mich unter ihnen durch und robbe langsam zur Ostseite rüber. Am großen Fliederbusch mache ich halt. Unter dem steht Linna im Frühling oft, um an den Blüten zu schnuppern. Jetzt im Sommer ist es damit natürlich vorbei, aber der niedrige Baum mit seinen vielen kleinen Ästen ist viel einfacher zu erklettern als die hohe Birke daneben. Also Krallen ausgefahren und mit Schwung und Elan hinauf. Oben angekommen, kann ich es mir nicht verkneifen, einen schnellen Blick zurück zum Haus zu werfen. Und tatsächlich sitzt Kalle hinter der Terrassentür. Ich kann von hier aus den bewundernden Ausdruck auf seinem runden Gesicht erkennen. Na, das ist doch schon mal was!

Und meine Geschicklichkeit wird nicht nur mit Kalles Staunen belohnt sondern auch damit, dass mir hier oben wirklich nichts entgeht. Als der neue Nachbar mit dem großen Schlüsselbund vom Haus herüberkommt, könnte ich ihm von dieser idealen Position aus geradewegs auf den spärlich bewachsenen Kopf springen. Aber das ist es ja nicht, was ich will. Ich will herausbekommen, was in diesem Schuppen vor sich geht.

Alle Detektive in den Krimis, die Linna und ich gucken, schmieden Pläne, bevor sie ernsthaft an eine Ermittlung herangehen. Das habe ich natürlich auch gemacht. Mein Plan sieht vor, abzuwarten, bis der Verdächtige X so nenne ich ihn den Schuppen wieder verlassen hat und im Haus verschwunden ist.

Sobald das der Fall ist, werde ich vom Fliederbusch aus über den Zaun springen, zum Schuppen hinübersetzen und durch die Fenster hineinsehen.

Ein wunderbarer Plan! Schlicht und dennoch wirkungsvoll genau wie solch ein Plan sein sollte. Das verwundert natürlich nicht, denn schließlich ist er ja auch vom genialsten Detektiv seit Poirot entwickelt worden: von mir!

Also sitze ich, alle wohltrainierten Muskeln bis in die kleinste Faser angespannt, hier auf dem Baum und beobachte scharf das Nachbargrundstück.

Nach einer Weile, die auch einem geübten Ermittler wie mir lang vorkommen kann, beschließe ich, dass ich mich ruhig ein wenig entspannen kann.

Irgendwann beginnt mein Magen bedenklich zu knurren. Die Mittagszeit ist offenbar schon längst vorbei. Der Verdächtige X befindet sich immer noch im Schuppen und wird dadurch nur noch verdächtiger. Was kann es für einen Zweibeiner in so einem alten Gartenhäuschen zu tun geben? Für einen Kater würde das anders aussehen sicher haben sich dort etliche Mäusefamilien eingenistet, die es aufzustöbern gälte. Allein beim Gedanken daran läuft mir schon das Wasser in der Schnauze zusammen. Aber mein messerscharfer detektivischer Verstand sagt mir, dass dieser neue Nachbar an Mäusejagd nicht interessiert ist.

Gut, dass ich es gewöhnt bin, stundenlang vor einem Mauseloch auszuharren. Denn so stellt diese kleine Geduldsprobe für mich natürlich kein Problem dar.

Ich sitze und sitze. Und ab und zu ist da eine Art Rumpeln zu hören und ein Geräusch, wie Linnas Kaffeemaschine es manchmal macht.

Die Sonne hat schon weit mehr als die Hälfte ihres täglichen Weges am Himmel zurückgelegt, und allmählich wird mir hier oben ganz schön warm, als ich plötzlich höre, wie der innere Riegel der Schuppentür zurückgeschoben wird. Aha!

Der Verdächtige X erscheint, den flachen, dunklen Gegenstand unter dem Arm. Wie gestern auch, schließt er sehr penibel alle drei Schlösser ab und läuft dann rasch zum Haus hinüber. Er verschwindet zur Hintertür hinein.

Endlich! Das ist meine Gelegenheit!

Ich spanne alle Muskeln an, ducke mich und springe ab. In der hohen Wiese auf der anderen Zaunseite lande ich weich auf meinen geschmeidigen Samtpfoten und mache sofort ein paar Sprünge in den Schatten des Schuppens.

Vor einem der Fenster befindet sich eine Halterung für Blumen samt Kasten die Pflanze darin lebt bestimmt schon eine Weile nicht mehr. Versteht sich von selbst, dass ich mich zu Hause nie auf die von Linna sorgsam gehegten Blümchen setzen würde, aber dem bemitleidenswerten braunen Ding hier macht es bestimmt nichts aus.

Ich setze mich auf die Hinterbeine und lege die Vorderpfoten an die dreckige Scheibe. Und dann sehe ich … nichts.

Das Glas ist derartig verschmiert, dass ich kaum den Raum dahinter erkennen kann. Mag sein, dass da ein großer Schrank in der Ecke steht. Und weiter vorne ein Tisch. Aber vielleicht ist der Tisch auch gar kein Tisch, sondern eine große Maschine? Ja, es könnte eine große Maschine sein. Aber sicher bin ich mir nicht. Tz, wie kann man seine Fenster nur so verdrecken lassen? Meine liebe Linna würde niemals zulassen, dass man bei uns nicht mehr rein- oder rausschauen könnte. Aber diese Einsicht hilft mir auch nicht. So komme ich keinen Schritt weiter.

Ich muss in den Schuppen rein, wenn ich wissen will, in welche krummen Machenschaften der Verdächtige X verwickelt ist.

Geschickt wie immer springe ich von dem traurigen Blumenkasten hinunter. Da man mich vom Haus aus nun sehen kann, spaziere ich so lässig wie möglich zur Schuppentür und setze mich dorthin. Sollte der Verdächtige X zufällig aus dem Fenster schauen, würde er jetzt nur einen zugegeben wunderschönen, aber völlig harmlosen rot-weiß gestreiften Kater sehen, der vor der Tür seines Schuppens eine kleine Pause macht und sich dabei ausgiebig putzt. Während ich mir die Pfoten schlecke und mir damit durchs Gesicht fahre, schaue ich mir unauffällig die Vorrichtung der drei Schlösser an. Natürlich käme es auf einen Versuch an, aber ich bin mir ziemlich sicher, dass ich selbst mit meinen feinen Krallen dort nicht viel ausrichten könnte.

Vielleicht gibt es ja die Möglichkeit, auf der Rückseite des Schuppens durch ein loses Brett oder Ähnliches

»Sieh mal einer an! Wen haben wir denn hier?«, ertönt plötzlich eine ölige Stimme hinter mir.

Ich fahre herum.

Oh nein! Es ist der Große Weiße!

Er sitzt im Schatten einer wild wuchernden Rabatte und leuchtet geradezu aus dem dunklen Grün der Blätter hervor.

»Oh … ähm … guten Tag«, sage ich und kann meiner Stimme selbst anhören, dass sie eine Nuance dünner klingt als sonst. Wie ärgerlich!

»Guuuten Tag?«, wiederholt der Weiße langsam, und seine hellgrünen Augen starren mich unverwandt an. »Das glaubt der Große Weiße wohl kaum.«

»Ach nein?«, sage ich und sondiere rasch die Lage. Der Weiße sitzt genau zwischen mir und dem Zaun, der den Garten des Verdächtigen X von unserem eigenen trennt. Äußerst ungünstig. Und bestimmt kein Zufall.

»Nein. Sicher kein guter Tag. Denn hier treibt sich jemand in fremden Revieren herum«, erwidert der Weiße, ohne ein Schnurrhaar zu bewegen. Sein flächiges, zerknautschtes Gesicht zeigt keinerlei Regung.

»Tatsächlich?«, sage ich gespielt verwundert. »W-w-wer denn?«

»Und dieser Jemand sollte eine gute Begründung dafür parat haben, dass er ungefragt in das Hoheitsgebiet des Großen Weißen eingedrungen ist«, fährt er fort, als hätte ich nichts gesagt.

»Hör mal«, sage ich. »Wir beide, du und ich, wir kennen uns ja nun schon ein paar Jahre, und wir wissen doch beide, dass es die absolute Ausnahme ist, dass ich mich woanders als in unserem Garten aufhalte. Und das auch nur durch … durch puren Zufall, jawohl. Ich bin auf den Fliederbusch geklettert und da oben eingeschlafen. Und dann bin ich einfach … tja, versehentlich …«

»Lüg. Den. Großen. Weißen. Nicht. An!«, sagt er, und ich verstumme.

Es ist mit ihm wie in diesen Kriminalfilmen, in denen der Kommissar einen fiesen Widersacher hat. Einen, der immer auftaucht, wenn der kluge Detektiv gerade in einer besonders schwierigen Situation steckt. Wenn der gewitzte Ermittler ihn also am wenigsten brauchen kann, taucht dieser Widersacher auf, und der heldenhafte Kommissar kann gegen ihn einfach nichts ausrichten, weil dieser Kerl so groß und so einflussreich ist. Ein Widersacher eben, dem man am besten einfach aus dem Weg geht. Und ich würde dem Großen Weißen wirklich sehr gerne aus dem Weg gehen, aber ich habe den Verdacht, dass er mich nicht so einfach gehen lassen wird.

Es ist die Art und Weise, wie er dasitzt und mich unverwandt anstarrt.

»Was hast du da oben zu schaffen gehabt?«, will er plötzlich wissen. Sein Blick huscht kurz hinüber zu dem verschmierten Fenster, durch das ich vor ein paar Minuten noch vergeblich zu spähen versucht habe.

»Oh, da …«, sage ich und drehe den Kopf, um hinzuschauen. »Ich würde sagen, ich bin wohl einfach neugierig. Ich habe mich gefragt, was unser Nachbar wohl in seinem hübschen alten Schuppen …«

Der Weiße hebt eine seiner gewaltigen Pranken. Keine Ahnung, wie es kommt, dass er so riesig ist. Manchmal gibt es eben auch unter uns Katzen Typen, die es besser nicht geben sollte.

Er fährt seine langen Krallen aus, die im Sonnenlicht kurz aufblitzen, und betrachtet sie scheinbar nachdenklich. Dann, ohne dass ihm vorher etwas anzumerken gewesen wäre, macht er einen mächtigen Hieb zur Seite. Das Blatt, das dort gerade noch in der sanften Sommerbrise geschaukelt hat, hängt mit einem Mal in Fetzen.

Ich schlucke.

»Mal sehen, ob du richtig verstanden hast«, flötet der Weiße, während er die kümmerlichen Reste des Blattes betrachtet. Dann wendet er den Kopf, und seine hellgrünen Augen blitzen kalt. »Wäre wohl besser für dich, wenn du dem Großen Weißen augenblicklich erklärst, welche Geschäfte dich umtreiben.«

In meinem Kopf rattert es.

Dem Großen Weißen in die Quere zu kommen ist wirklich das Blödeste, was mir bei meinen Ermittlungen passieren konnte. Ich habe schon Katzen in der Nachbarschaft gesehen, die nach einer Auseinandersetzung mit ihm nicht mehr so hübsch aussahen wie vorher …

Wenn ich ihn anlüge, wird er das mit an Sicherheit grenzender Wahrscheinlichkeit erraten, und damit ich das nicht wieder tue, wird er mich schlimm zurichten.

Ihn anzulügen, ist also ein absolutes No-Go!

Wenn ich ihm aber die Wahrheit sage, wird er sich selbst um diesen spannenden Fall kümmern wollen, und um mich aus dem Weg zu räumen, wird er mich schlimm zurichten.

Ihm die Wahrheit zu sagen ist also ebenfalls ein No-Go!

Eine echte Zwickmühle. Hier kann ich nicht gewinnen.

Ich habe eine einzige Chance, um wenigstens vor mir selbst das Gesicht zu wahren: Ich schlage dem Großen Weißen vor, dass er mich einfach sofort schlimm zurichtet. Ohne dass wir uns vorher mein demütigendes Gestammel egal, ob gelogen oder wahr anhören müssen.

Gerade will ich die Schnauze öffnen, um ihm diesen Vorschlag zu machen, da ist auf der anderen Seite des Zaunes plötzlich die vertraute und geliebte Stimme zu hören: »Kaaaasimiiiir?«

»Linna!«, keuche ich.

Ich werfe dem Weißen einen raschen Blick zu.

Seine Augen verengen sich zu Schlitzen. »Frauchen ruft«, sagt er leise. »Und der kleine Kasimir würde sooo gerne antworten.«

In meinem Hals steckt ein ziemlich großer Kloß. Vielleicht habe ich beim letzten Putzen doch zu viele Haare verschluckt.

Ich mache einen kleinen Schritt vor. Doch der Weiße duckt sich und knurrt: »Keinen Mucks! Wer weiß, ob Frauchen von selbst auf die Idee kommt, hier nach ihrem kleinen Schatz zu suchen. Denn wenn sie das nicht tut ... tja, dann könnte diese interessante Unterhaltung doch einfach fortgesetzt werden, oder?«

Oh nein! Das wird nie etwas! Meine liebe Linna wird ganz bestimmt nicht auf die Idee kommen, über den Zaun zu schauen. Denn ich verlasse nie unseren Garten.

Doch in diesem Moment ist auf der anderen Zaunseite etwas zu hören. Ganz bestimmt ist es nicht Linna, denn sie würde niemals röcheln und schnaufen. Und ganz sicher auch nicht am Zaun kratzen.

»Was ist denn, Kalle?«, hören wir wieder Linnas Stimme. Diesmal schon etwas näher.

»Komm mal her!«, ruft Kalle auf der anderen Zaunseite. »Komm mal hier rüber, Linna, hier riechts ganz doll nach Kasimir. Riechst du das auch? ... Ach, verdammt, sie kann mich ja nicht verstehen. Dass ich das aber auch immer und immer vergesse ...«, brummelt er, steckt seine platte Nase wieder in eine Zaunlücke und schnüffelt.

Schritte nähern sich dem Zaun. Diesmal ist Linnas Stimme schon ganz nah. »Du glaubst doch nicht etwa, dass Kasimir ...« Und da erscheint ihr Kopf über dem Zaun.

»Kasimir? Ja, was machst du denn da?«, sagt sie verwundert, als sie mich hier sitzen sieht.

Ich werfe einen Blick hinüber zu dem Großen Weißen.

Die großen Blätter der Stauden verbergen ihn vor Linnas Augen.

Langsam hebe ich eine Pfote und mache einen kleinen Schritt.

Als nichts geschieht, wage ich noch einen. Dann noch einen. Und dann renne ich hinüber zu der Stelle am Zaun, wo Linna steht.

Mit einem einzigen Sprung schaffe ich es hinauf.

»Boah! Hammer, Kasimir! Wie du das immer machst!«, ruft Kalle begeistert. Und zum ersten Mal, stelle ich für eine

Sekunde verwundert fest, ist mir seine quäkende Stimme nicht zuwider, sondern eher … na ja, willkommen.

Linna lacht und nimmt mich vom Zaun in Empfang.

»Was machst du denn für Sachen?«, fragt sie mich und reibt ihr Gesicht an meinem Hals. »Du gehst doch sonst nie außerhalb vom Garten spazieren.«

»Er war gar nicht spazieren«, erklärt Kalle ihr. »Er hat da vorn auf dem Busch gesessen, stuuundenlaaang, und dann ist er plötzlich runtergesprungen … Waaaahnsinn! Mit einem einzigen Satz! Wumm! Und ich dachte schon …« Kalle plappert weiter und weiter.

Ich aber werfe noch einen Blick zurück. Und da sehe ich gerade noch, wie sich das grüne Dickicht auf der anderen Seite des Zauns sacht bewegt und mittendrin ein kurzes weißes Aufblitzen.

6. Kapitel – Kalle

Ab heute hab ich Freigang!

Das heißt so, wenn man kommen und gehen kann, wie man will. Oh cool, cool, cool!

Und wem verdanke ich das? Natürlich meinem Kumpel Kasimir!

Der ist vielleicht einer! Katzenklappe raus, Katzenklappe rein. Vom Fliederbusch runter, den Zaun wieder rauf. Total lässig der Typ!

Als Linna beim Essen davon erzählt hat, wie sie Kasimir in Nachbars Garten entdeckt hatte, hat Mads gemeint: »Wahrscheinlich ist ihm allein im Garten langweilig geworden. Genauso wie Kalle hier im Haus. Wie wäre es, wenn wir eine etwas größere Klappe einbauen, damit Kalle tagsüber auch raus kann? Dann könnten die Jungs draußen miteinander spielen.« Das war das Beste an Kasimirs ganzer Aktion!

Kasimir war wohl auch ganz begeistert, denn er ist sofort aufgesprungen und aufgeregt hin und her gerannt.

Linna hat ihm einen Moment nachdenklich zugeschaut und dann genickt. Zu dritt sind wir losgefahren Kasimir wollte lieber zu Hause bleiben , um im Baumarkt alles zu kaufen, was wir brauchten.

Mads hat den ganzen Abend mit den Werkzeugen rumgemacht. Und ich durfte zusehen. Löcher größer machen, das könnte ich ja vielleicht auch noch, aber ich glaube, bei mir würde es nachher irgendwie anders aussehen.

Linna war auch ganz beeindruckt von dem, was Mads so gemacht hat. Aber Kasimir saß die ganze Zeit auf der Sofalehne und sah irgendwie … alarmiert aus. Vielleicht hatte er Angst, dass Mads seine Klappe ganz zumachen würde? Aber das ist natürlich nicht passiert! Im Gegenteil!

Als er endlich zufrieden war mit seinem Werk, hat Mads zu mir gesagt: »Na denn, Kalle. Probier es mal aus! Ab in den Garten mit dir!« Er zeigte auf die Klappe in der Tür.

Ist nicht so, dass ich das nicht schon versucht hätte, ganz am Anfang, als wir neu hier waren. Hat aber irgendwie nicht geklappt. Ich sach ma so: Die Öffnung war einfach nicht passend.

Jetzt sollte ich es also noch mal ausprobieren.

Als Erstes habe ich vorsichtig meinen Kopf durchgesteckt. Und dann eine Vorderpfote und dann die zweite. Beim Mittelteil sah es für einen winzigen Augenblick n bisschen kritisch aus. Aber ich hab mit den Hinterbeinen etwas nachgeholfen und schwupps! war ich draußen!

Mads und Linna, die ich hinter der Scheibe noch sehen konnte, haben beide laut gejubelt und in die Hände geklatscht. Und jetzt bin ich also n Freigänger!

»Aber nur in unserem eigenen Garten, mein Freund, klar?!«, hat Mads mir noch ausdrücklich gesagt.

»Logo, Mads!«, hab ich geantwortet. »Ich bin doch nicht so blöde und lauf weg. Der Garten ist doch groß genug für einen schlauen Mops und einen klugen Kater, die miteinander spielen wollen!«

Kasimir musste in dem Augenblick gehörig husten. Hatte sich wohl an irgendwas verschluckt, wahrscheinlich an einem von seinen eigenen Haaren.

Heute Morgen, nachdem ich Mads und Linna an der Wohnungstür Tschüss gesagt habe, bin ich also zur Klappe in der Hintertür geflitzt. Und siehe da! Es klappt immer noch! Erst der Kopf, dann die Vorderbeine, dann ein bisschen drücken und schieben, und schon steh ich im Sonnenlicht draußen auf der Terrasse. Bereit, ne Runde zu spielen!

Kasimir, der schon nach dem Frühstück rausgegangen ist, kann ich aber nirgends finden. Ich gucke in den dichten Büschen mit den rosa und blauen Blüten nach, hinter dem Stapel Kaminholz, zwischen den bunten Blumen und unter den Sonnenliegen. Nix.

Da fällt mir was ein, und ich trabe flott rüber zum Lattenzaun, der unseren Garten vom Nachbargarten trennt.

Ha! Wieder der richtige Riecher! Kasimir sitzt echt auf dem Baum. Auf einem einzelnen, dünnen Ast. Boah, das könnt ich nie.

»Cooler Platz!«, sage ich.

Kasimir zuckt so doll zusammen, dass er fast das Gleichgewicht verliert.

»Ups! Hast mich wohl nicht gehört …« Ich wedle mit dem Schwanz, damit er weiß, dass es mir echt leidtut, ihn erschreckt zu haben.

Er knurrt nur und wedelt auch ein bisschen.

»Was machst du da oben?«, frage ich ihn.

»Davon verstehst du nichts«, brummt er.

Dann guckt er wieder angestrengt über den Zaun.

»Ist da was?«, frage ich.

Wenn ich den Kopf drehe und in die gleiche Richtung sehe wie er, gucke ich volles Brett vor den Zaun. Menno!

Kasimir reagiert nicht. Vielleicht hat er mich beim ersten Mal nicht gehört.

»He, Kasimir, ist da was auf der anderen Seite vom Zaun?«, rufe ich zu ihm rauf.

»Pscht!«, zischt er.

»Och nööö, nee!«, rutscht es mir raus. »Kommst du mir jetzt wieder mit diesem Geheimnis?«

Wieder keine Reaktion. Er guckt einfach weiter rüber in den Garten.

»Kumpel, ganz ehrlich …«, raune ich zu ihm hinauf. »Ich will dir ja den Spaß nicht verderben. Aber … ich sach ma so: Mittlerweile bin ich gar nicht mehr so sicher, ob es dieses Geheimnis wirklich gibt. Ich mein, überleg doch mal, wo wir schon überall geguckt haben!«

Kasimir antwortet nicht. Sein Schwanz wedelt nicht mehr, sondern peitscht jetzt richtig. Mann, das muss ich unbedingt auch mal ausprobieren! Am besten vor dem Garderobenspiegel sonst seh ich ja nicht, obs bei mir genauso cool aussieht.

»Nicht falsch verstehen, Kumpel, ja? Klar macht es voll Laune, mit dir auf Geheimnissuche zu gehen. Au Mann, vor allem, wenn versehentlich die Dose mit den Lachsnudeln runterfällt wie vorn paar Tagen. Puh, so satt war ich, glaub ich, noch nie. Wette, ich hätt nicht mal meinen coolen Hungrig-gucken-Trick hingekriegt. Also, ist nix Persönliches oder so. Aber wenn wir schon was zusammen machen, dann möcht ich auch sehen, worum es geht und «

»Ruhe, verdammt!«, faucht Kasimir mir von oben aus zu.

Ich schließe die Schnauze.

Kasimir schaut zu mir herunter. Dann atmet er einmal sehr tief ein und wieder aus. »Es hat nichts mit unserem speziellen Geheimnis zu tun. Das hier ist eine ernst zu nehmende Ermittlung«, sagt er dann. »Ich observiere gerade den Nachbargarten.«

Au Backe! Eine Ermittlung! Mit einer Oseration!

»Ist nicht wahr!«, wispere ich.

Geheimnissuche ist ja ganz lustig. Aber eben doch eher eine Art Spiel. Eine ernst zu nehmende Ermittlung! Das ist einfach …

»Was ermitteln wir denn?«, flüstere ich.

Doch Kasimir guckt nicht mehr zu mir runter, sondern angestrengt über den Zaun.

Von drüben höre ich Geräusche. Au Mann, Ermittlungsgeräusche! Ich flipp aus!

»Was passiert da? Kasimir, hey, was passiertn da?«

»Der Verdächtige X verlässt den Schuppen«, raunt Kasimir mir zu.

Sofort bekomm ich ganz schwitzige Pfoten. Wir haben einen Verdächtigen! Den Verdächtigen X!

»Wer ist das? Wie sieht er aus? Was macht er?«, wispere ich und hüpfte vor Aufregung auf der Stelle. Das bringt mich auf eine Idee.

Ich flitze zum Zaun.

»Was tust du da?«, zischelt Kasimir von seinem Ast.

»Ich …«

Hüpf!

»… versuche …«

Hüpf!

»… was …«

Hüpf!!

»… zu sehn!«

Hüpf!!!

»Hör sofort auf damit! Was ist, wenn er dich sieht!«, keift Kasimir offenbar lauter, als er wollte, denn er duckt sich sofort erschrocken in die Blätter.

Ich machs ihm nach und presse mich auf den Boden.

Mann, das wäre beinahe schiefgegangen. Fast hätte der Verdächtige X mich gesehen!

Aber wie ich hier so am Boden kauere, fällt mir was auf: Da vorn ist ein Astloch im Zaun! Gerade groß genug für ein Mopsauge! Genial!

Ich robbe mich näher heran und spähe durch.

Und endlich kann ich ihn sehen! Den Verdächtigen meiner allerersten Ermittlung! Es ist ein mittelgroßer Zweibeiner, etwas kleiner als Mads und auf jeden Fall älter. Er macht sich an den Schlössern zum alten Schuppen zu schaffen. Als er sich umdreht, guckt er vorsichtig nach allen Seiten, als hätte er so ne Ahnung, dass hier ein schlauer Mops und ein kluger Kater auf der Lauer liegen und ermitteln.

Weil er mich hinter meinem Astloch und Kasimir oben auf dem Baum aber nicht sehen kann, hastet er den überwucherten Weg entlang Richtung Haus und ist ratzfatz verschwunden.

Hinter mir ertönt ein leises Plumps. Kasimir ist vom Baum heruntergesprungen und sitzt nun nachdenklich darunter.

Ich laufe zu ihm rüber, noch ganz hin und weg.

»Wahnsinn! Das ist meine allererste Ermittlung!«, gestehe ich ihm. »Und dieser Verdächtige X ist wirklich irre verdächtig!«

Kasimir sieht mich aufmerksam an. »Woran machst du das fest?«

Ich muss gar nicht lange überlegen. »Na, dieses ganze Gegucke und Geschleiche und Geschließe. Ist doch klar, dass da mächtig was zu ermitteln ist!«

Kasimir sieht milde beeindruckt aus und wiegt den rot-weißen Kopf. Bestimmt fängt er gleich wieder an, sich das Gesicht zu putzen. Ganz schlimmer Tick.

Doch stattdessen murmelt er: »Wenn ich bloß wüsste, was das für ein Gegenstand ist, den er da immer zwischen Haus und Schuppen hin- und herträgt.«

Ich blinzle. Mein Bauch ist ein bisschen unruhig. Zu viel Aufregung kurz nach dem Frühstück. Ich glaub, da muss dringend ein Lüftchen raus. »Nkoffa«, rülpse ich.

»Bitte?«

»Ein Koffer!«, sage ich noch mal. »So was kennst du doch bestimmt. Eigentlich sind die zum Verreisen. Aber wenn die so klein sind, sind sie eher für extrem wichtige Sachen und so.«

Irgendwie sehen Kasimirs Augen plötzlich heftig groß aus.

»Mads hat auch welche. Große zum Verreisen. Und einen kleinen für wichtige Sachen«, erkläre ich ihm.

Und plötzlich ist mir klar, wie interessiert er mich anguckt. So als ob ich ihm was voll Wichtiges erzählt hätte. Ich! Kalle! Wow!

Obwohl ich die Sache mit dem Koffer wusste und Kasimir nicht, geb ich mir echt Mühe, nicht wien Angeber auszusehen. Schließlich könnt ich ganz gut damit angeben, etwas zu wissen, was Kasimir nicht weiß. So was kommt selten vor. Also, um ehrlich zu sein ... Das ist noch nie vorgekommen. Und irgendwie hab ich im Gefühl, dass er das grundsätzlich nicht so gerne hat. Kann man ja auch verstehen. Wenn einer so klug ist wie Kasimir, dann will er wahrscheinlich auch immer und überall als Erster Bescheid wissen.

Aber jetzt scheint Kasimir sich nix draus zu machen, dass ich mal was vor ihm gewusst hab. Die Sache an sich ist wohl viel zu spannend. Und das zeigt mir, dass es sich hier echt um eine superernst zu nehmende Ermittlung handelt.

»Wenn dieser Koffer nur für extrem wichtige Sachen ist, was hat Mads dann in seinem?«, will Kasimir jetzt wissen. Das ist das erste Mal, dass er mich in unserer gemeinsamen Ermittlung was fragt. Überhaupt ist es das erste Mal, dass er mich was fragt.

Verflixt! Jetzt steh ich auf dem Schlauch. Ich weiß nämlich selbst nicht, was in Mads kleinem Koffer drin ist.

Das sollte ich meinem Kumpel Kasimir jetzt natürlich sagen. Schon klar.

Aber wie wir hier so stehen und er mich gebannt ansieht ... Tja, wie soll ich sagen? Plötzlich rutscht es mir einfach raus: »Seine Knarre.«

Kasimir starrt mich an.

»Wenn du Knarre sagst«, beginnt er, »meinst du dann Schusswaffe? Eine richtige, echte Schusswaffe? So, wie Kommissare sie tragen?«

»Original!«, bestätige ich. Wäre ja doof, jetzt einen Rückzieher zu machen. »Mein Mads ist schließlich Polizist. Hat mich damals aus den Fängen von zwei wirklich fiesen Kerlen befreit. War knapp.«

Kasimir sieht so beeindruckt aus, dass ich einfach nicht anders kann ich muss weiterreden: »Im Moment arbeitet er im

Büro und hat mit lauter wichtigen Akten zu tun. Die sind alle wahnsinnig geheim und so. Das heißt, momentan geht er nicht auf Verbrecherjagd, aber natürlich hat er noch seine Knarre und das Quasseldings.«

»Was für ein Quasseldings?«, hakt Kasimir gleich nach. Dabei guckt er, wie ich gucken würde, wenn Frühstück, Mittagessen und Abendbrot auf einmal serviert würden.

»Na, dieses Ding, mit dem er im Notfall Verstärkung anfordern konnte. Wenn es mal ganz kritisch wurde, verstehste? Zack, Quasseldings an und schwupps! tatütata, waren die anderen auch schon zur Stelle.«

»Etwa ein Handfunkgerät?«

Wow! Kasimir kennt sich wirklich aus. Er weiß sogar, wie die Quasseldinger richtig heißen. »Kann sein.«

»Und du sagst, Mads hat so einen Koffer, in dem all diese Dinge drin sind?«

»Ja, als wir noch allein gewohnt haben, hat der Koffer unter dem Sofa gelegen. Aber jetzt liegt er im Schlafzimmer, irgendwo im Schrank.«

Ohne ein weiteres Wort, dreht Kasimir um und rennt im gestreckten Galopp über den frisch gemähten Rasen rüber zum Haus.

Na, ich aber hinterher!

Okay, bei der Klappe dauert es n bisschen: Kopf, Vorderpfoten, Mittelteil ... Mittelteil ... Mittelteil ... PLOPP! Ich bin drin! Und wetze schnell ins Schlafzimmer.

Da bietet sich mir ein sonderbares Bild. Kasimir liegt auf dem Rücken vor dem Schrank und angelt von unten nach einer Tür.

»Was machst du denn da?«, will ich gerade fragen, da macht es klick, und die Schranktür springt auf. Auf genau diese Schranktür hat Linna am Tag unserer Ankunft gezeigt und zu Mads gesagt: »Hier hab ich alles leer geräumt. Reicht der Platz für dich?« Und Mads hat zögerlich die anderen vier geschlossenen Schranktüren betrachtet, aber dann genickt.

Nun schwingt die Tür mit nem leisen Quietschen zur Seite. Die Schrankböden sind ziemlich vollgestopft mit lauter Klamotten von Mads, alle möglichen T-Shirts und Jeans, Sportklamotten und Turnschuhe.

»Puh!« Kasimir rümpft die Nase.

Ich sauge den Geruch ein. »Riecht doch cool. So männlich.«

Wir sehen uns das Chaos einen Moment lang an.

»Da oben«, sage ich und gucke rauf zum obersten Brett. Tatsächlich ist da eine Ecke von dem kleinen Koffer zu sehen.

Kasimir steht wie erstarrt neben mir. Seine Schnurrhaare zittern ein bisschen. »Ein echter Polizist. Mit Dienstwaffe und Handfunkgerät«, murmelt er.

So, wie es aussieht, ist er echt von den Socken. Cool! Plötzlich ist mir völlig schnurz, ob in dem Koffer wirklich die Knarre und das Quasselfunkdings drin sind oder nicht. Das Teil liegt so hoch oben, dass da außer Mads keiner rankommt wahrscheinlich nicht mal Linna. Da wir also eh nicht reingucken können, kann man sich doch einfach vorstellen, es wär das drin, was man gern drin hätte solange es einen tollen Kumpel wie Kasimir happy macht.

»Und wie geht unsere Ermittlung jetzt weiter?«, will ich wissen. Schließlich werden wir im Fall unseres Verdächtigen nicht weiterkommen, wenn wir hier stehen und auf Mads Turnschuhe glotzen.

»Wer sagt, dass es unsere Ermittlung ist?«, murrt er.

»Oooch, Kasimir, lass mich doch mitmachen. Bittäää! Ich bin gar nicht so dumm, wie ich aussehe. Hast du selbst mal gesagt, weißt du noch? Schlauer Mops, hast du gesagt«, erinnere ich ihn.

Kasimir wendet den Kopf ab und fängt an, sich zu putzen. Obwohl er aussieht wie aus dem Ei gepellt.

»Hey, ich hab ne Idee!«, rufe ich. »Warum gehen wir nicht zusammen rüber und gucken in den Schuppen?«

Ich weiß nicht, ob ich mich täusche, aber Kasimir sieht n bisschen verlegen aus, wie er sich so die Ohren reibt.

»Da gibt es ein gewisses Hindernis«, brummelt er.

Ich überlege kurz. »Ach, menno! Du hast recht, der Zaun. Jau, verflixt, der ist echt zu hoch für mich. Aber DU kannst doch bequem rüberspringen!«

Da hört Kasimir auf, sich zu putzen, und sieht mich tja, das muss ich jetzt leider mal so sagen verdrießlich an. »Ich meinte nicht den Zaun. Ich meinte … den Großen Weißen.« Kasimirs Stimme klingt nicht wie sonst, sondern zittrig und voller Abscheu.

»Au Mann, Kasimir! Der Große Weiße, sagst du? Das hört sich nach einem echt fiesen Kerl an«, keuche ich. »Wer ist das denn?«

Kasimir räuspert sich. »Das ist ein großer … ein gewaltiger … ein wirklich mächtiger Kater.« Er schluckt.

Mit einem Schlag hab ich selbst auch einen ganz trockenen Hals.

»Es ist nicht so, dass ich Angst vor ihm hätte, aber er ist …«, sagt Kasimir und bricht dann ab. Verflixt, wenn meinem Kumpel Kasimir die Worte fehlen, dann muss es heftig sein.

»Ein unangenehmer Zeitgenosse?«, schlage ich vor. So was kenn ich. Die Dackel im Tierheim waren solche Typen. Kasimir nickt knapp.

»Fiese Sache«, antworte ich. »Aber ich sach ma so: Zu zweit kommt man mit denen immer besser klar. Ist doch so, oder?«

Kasimir sieht mich einen Moment lang nachdenklich an.

Dann guckt er plötzlich so nett, als wollte er gleich sagen, dass ich ein schlauer Mops bin.

»In Ordnung«, meint er. »Aber ich bin der Chef.«

Ich hüpfe vor Begeisterung in die Höhe. »Au Mann, suuupiii! Toll, toll, toll! Ich bin ein Ermittler! Ich darf mit offerieren! Ich … Als ich Kasimirs Gesicht sehe, höre ich mit dem Gehopse und Gequietsche auf. Er sieht immer so seriös aus.

»Okay, Boss!«, sage ich. Und ich glaube, das gefällt ihm schon besser.

7. Kapitel – Kasimir

Es geschehen noch Zeichen und Wunder. Ich habe mich tatsächlich breitschlagen lassen, den schwarzen Rollmops in meine Ermittlung einzubeziehen!

Muss wohl ein Moment der geistigen Umnachtung gewesen sein. Oder eben der Augenblick, in dem mir klar wurde, dass es womöglich von Vorteil sein könnte, wenn ich einen Assistenten zur Ablenkung dabeihabe, falls mir der Große Weiße noch einmal begegnen sollte.

Und das wird er bestimmt. Denn immer wenn ich auf unserem Fliederbusch Position beziehe und das verdächtige Nachbargrundstück observiere, sehe ich es hier und dort weiß im hohen Gras oder zwischen den wild wuchernden Pflanzen aufblitzen. Mich noch einmal allein dort drüben blicken zu lassen wäre mein Todesurteil.

Die erste gemeinsame Unternehmung, die mein Assistent und ich also in die Tat umsetzen müssen, um der Lösung des Rätsels näher zu kommen: Wir müssen eine Möglichkeit schaffen, Kalle ebenfalls auf die andere Seite des Zauns zu befördern.

So bald wie möglich machen wir uns an die Arbeit.

»Wie tief muss ich denn noch?«, jammert Kalle nach einer halben Stunde. Seine Nase und Pfoten sind dreckverschmiert, und hinter seinem dicken Hinterteil häuft sich frische Erde.

Ich stehe von meinem Schattenplatz, wo ich mich ein wenig

ausgeruht und ihm zugeschaut habe, auf und inspiziere seine Arbeit.

»Passt du schon durch?«, frage ich. Wieso kommt der Kerl nicht selbst drauf, das mal auszuprobieren?

Kalle steckt seinen Kopf und seine Schultern in das Erdloch und schiebt mit den Hinterbeinen kräftig an. Doch der Tunnel ist offenbar noch zu schmal.

»Da musst du wohl noch ein bisschen weitergraben«, sage ich und versuche bedauernd zu klingen.

»Ffff steeehe ffft!«, höre ich dumpf von der anderen Zaunseite.

»Wie bitte?«, frage ich.

»Ffffff steeeheee fffttt!«, kommt es mit Nachdruck.

Ich fixiere den Zaun, nehme Schwung und springe mit einem einzigen grazilen Satz hinauf. Wenn ich auf der anderen Seite hinabsehe, kann ich Kalles ewig nasse schwarze Schnauze erkennen.

»Oh«, sage ich. »Sieht so aus, als würdest du feststecken.«

»Ggggnau!«

Also wieder runter vom Zaun und den Mops am Hinterteil gepackt.

»Aaaauuuschsch!«, tönt es von der anderen Seite.

Ich lasse wieder los und springe erneut auf den Zaun.

»Menno«, winselt Kalle.

»Es gibt nur zwei Möglichkeiten«, erkläre ich sachlich. »Möglichkeit eins: Ich fasse dich irgendwo am Hinterteil und ziehe so fest ich kann, während du vorne mithilfst. Vielleicht kriegen wir dich auf diese Weise frei.«

Kalle wimmert kläglich und versucht den Kopf zu schütteln. Natürlich. Dass er keiner von der harten Sorte ist, hätte mir eigentlich klar sein müssen.

»Möglichkeit zwei: Wir warten, bis Linna oder Mads von der Arbeit kommen und dich da rausholen«, sage ich.

»Hmmm, jooo«, kommt es von unten.

»Kann aber recht lange dauern«, sage ich bedauernd.

Kalle reagiert nicht.

Daher setze ich nach: »Leider würde unser schöner Plan dadurch auffliegen. Sie würden das Loch natürlich sehen und dafür sorgen, dass du nicht wieder eins gräbst. Vielleicht kommst du an eine Kette?«

»Hmmm?«

Eine kleine Weile lasse ich ihn über diese Variante nachdenken. Dann murmle ich, eher zu mir selbst, aber gerade so laut, dass er es da unten noch verstehen kann: »Bleibt nur zu hoffen, dass bis zum Abend nicht der Große Weiße auftaucht und dich in dieser … ähm … misslichen Lage entdeckt.«

Kurze Stille.

»Pfffiiieh miiichh raauff!«, ertönt es dann dumpf.

Ich springe wieder hinunter und besehe mir Kalles Rückseite genau. Vielleicht ist es am besten, ihn direkt am Schwanzansatz zu packen?

»Eins, zwei, … drei!«, rufe ich und beiße zu.

»Huuuuuuaaaaahhh!«

Ich ziehe und zerre, und Kalle schiebt und strampelt und schießt plötzlich aus diesem Loch wie ein Korken aus einer der Flaschen, die Linna abends gerne mal aufmacht.

Kaum befreit dreht das schwarze Ding sich wie irre im Kreis und heult dabei, dass die ganze Nachbarschaft es hören kann: »Mein Schwanz! Mein Schwanz! Du hast mir meinen Schwanz abgebissen!«

»Unsinn!«, sage ich und betrachte sein Hinterteil. »Ist alles noch dran. Allerdings …«

»Was? WAS? Fehlt doch was?«, quietscht Kalle.

»Allerdings kommt es mir so vor, als würde sich dein Schwanz jetzt nicht mehr ganz so stark kringeln«, fahre ich fort.

Sofort hört Kalle auf, zu heulen und zu jammern. Er versucht sich so zu biegen, dass er seinen dicken Hintern in Augenschein nehmen kann.

»Findest du?«, fragt er hoffnungsvoll.

»Auf jeden Fall!«, nicke ich. »Könnte mir vorstellen, dass du jetzt die Sache mit der … Flaschenbürste viel besser hinbekommst.«

Kalle strahlt. »Echt jetzt? Cool!«

Er hechelt mich mit der üblichen Mischung aus Euphorie und schlechtem Atem an.

»Und jetzt?«, will er schließlich wissen.

Ich sehe zum Loch.

»Ach ja …«, sagt er und macht sich wieder an die Arbeit.

Nach einer Weile ist das Loch endlich so breit und tief, dass auch Kalle hindurchpasst, ohne noch einmal stecken zu bleiben.

»Bin so weit! Bereit zum ersten gemeinsamen Ermittlungsgang, Boss!«, sagt Kalle.

»In Ordnung. Ich klettere auf den Fliederbusch und schaue, ob die Luft rein ist«, entscheide ich und bin schon unterwegs.

Weder der Verdächtige X noch der Große Weiße sind auf dem Nachbargrundstück zu sehen. Ich schaue hinunter und nicke Kalle zu.

Er hebt die Pfote zu diesem albernen Gib-Pfötchen-Kunststückchen und taucht unter dem Zaun durch auf die andere Seite. Dort springe ich neben ihm ins Gras.

Kalle hat bestimmt noch nie etwas von Tarnung gehört. Er läuft mitten auf den überwucherten Wiesenweg und glotzt in alle Richtungen.

»Großer Garten«, stellt er beeindruckt fest und läuft ohne Hemmungen den Weg entlang Richtung Schuppen.

»Kalle!«, knurre ich ihm aus meiner Deckung zwischen den großen Blättern nach. »Was machst du denn da?«

Er bleibt kurz stehen. »Den Schuppen ansehen.« Eins muss man ihm lassen: Er verliert keine Zeit.

»Aber wir wissen doch gar nicht, wo der Verdächtige X sich

gerade aufhält. Vielleicht …«, setze ich an. Doch dann hören wir es beide: An der Schuppentür wird von innen der große Riegel zurückgeschoben.

»Hierher!«, zische ich, und Kalle hopst durch die Wiese auf mich zu. Gerade noch rechtzeitig duckt er sich neben mich ins Gebüsch.

Wir können sehen, wie der Verdächtige X den Schuppen sorgfältig absperrt und den Weg entlangeilt. Doch zu meiner großen Überraschung, geht er nicht ins Haus wie die Tage zuvor, sondern verlässt den Garten durch die eiserne Pforte im Zaun. Er wendet sich nach rechts und ist verschwunden.

»Spitze! Er hat das Gartentor aufgelassen! Wir können gucken, wohin er geht und was er da treibt!«, jubelt Kalle. »Ihm nach!« Er stürzt los.

Erst als er schon fast an der Pforte ist, merkt Kalle, dass ich nicht neben ihm bin.

Seine Augen sind kugelrund, als er zu mir zurücktrippelt.

»Boss? Wieso kommst du nicht? Wir müssen ihn doch ochserieren«, plappert er aufgeregt und sieht wieder zur offen stehenden Gartenpforte.

»Du willst … auf die Straße?« Ich kann selbst hören, dass ich vielleicht nicht ganz so souverän klinge, wie ich bin.

»Klar! Mach ich doch jeden Tag ein paarmal. Da ist doch nix bei!«, ruft Kalle. Doch dann sieht er mich plötzlich sonderbar an. »Sach ma, Boss, du hast doch nicht etwa Schiss davor, nach vorne rauszugehen?«

Ich tue mich mit der Antwort etwas schwer.

»Man kann bis zum Park laufen oder auch bis in den Wald oder einen Stadtbummel machen. Ist cool, vorne rauszugehen«, setzt Kalle hinzu. Dass er dabei in seiner üblichen, nervigen Art so penetrant gut gelaunt klingt, hilft mir nicht gerade.

»Aber es gibt Autos«, sage ich schließlich. Das ist das Argument, das Linna mir immer und immer wieder vorgebetet hat.

»Klar gibts Autos«, nickt Kalle. »Aber doch nicht auf dem Bürr-gerr-steig! Kann absolut nix passieren, wenn man nur auf dem Bürr-gerr-steig geht!«

Es wurmt mich ganz schrecklich, dass ich den schwarzen Klops jetzt tatsächlich so was fragen muss. Aber ich muss es einfach wissen: »Und woran erkenne ich diesen Bürr-gerr-steig?«

»Na, das ist der kleine Weg neben der großen Straße. Der mit der hohen Kante. Und wenn mal keine Kante da ist, muss man nur drauf achten, ganz nah an den Häusern oder Gärten zu laufen. Ist echt ganz einfach. Ich meine, wenn ich das schaffe …?!«

Er sieht mich herausfordernd an.

Das hätte ich wirklich nie gedacht. Dass ich mich mal von einem ungebetenen, plumpen, hässlichen Besuch so ansehen lassen muss! Geradezu … ja, provozierend.

Hat gerade noch gefehlt, dass er auftrumpft, weil er sich gedankenlos, wie er nun mal ist etwas traut, das ich aus besonnener Umsicht nicht ohne Weiteres zu tun bereit bin.

Nein, das kommt überhaupt nicht infrage!

Also tue ich so, als müsste ich einen Augenblick nachdenken. Dann sage ich: »Also gut. Ich versuche es mit dem Vorne-Rausgehen!«

»Ooaaah, Boss! Waaahnsinn! Ich flipp aus. Das ist der Hammer!«, jubelt Kalle und wendet sich schon um, um wieder loszurennen. Doch ich bleibe gelassen sitzen.

»Aber nicht jetzt. Das hat sowieso keinen Sinn mehr, weil der Verdächtige X wahrscheinlich schon viel zu weit weg ist«, sage ich.

Kalle sieht mich an. Doch ehe er etwas erwidern kann, fällt sein Blick an mir vorbei, und der Ausdruck auf seinem Gesicht wechselt schlagartig von Enttäuschung zu Entsetzen. Ich weiß sofort, was das bedeutet.

»Von wem sprichst du?«, höre ich auch schon die ölig-schleimige Stimme, bevor ich ihn hinter mir im Blumenbeet sitzen sehe.

Es ist der Große Weiße.

»Oooch, nur von einem Freund meines Freundes hier … niemand Besonderes …«, sage ich und werfe Kalle einen warnenden Blick zu. Hoffentlich verplappert er sich nicht.

Aber Kalle hat offenbar nicht vor, etwas zu sagen. Er starrt den Großen Weißen mit riesigen, kugelrunden Augen und offenem Maul an. Ich kann es nachvollziehen. Als ich diesen riesigen Kater mit dem flachen Gesicht zum ersten Mal gesehen habe, konnte ich es auch nicht glauben.

Ich schätze mal, mein gewaltiger Gegner hat meinen Ausweichversuch durchschaut, denn er geht nicht darauf ein, sondern sagt süffisant: »Der Große Weiße fragt sich, ob du tatsächlich so mutig bist, wie man meinen könnte, wenn du dich nach unserer letzten Begegnung wieder in ein fremdes Revier traust … Aber vielleicht bist du ja gar nicht mutig?, denkt der Große Weiße. Er denkt: Vielleicht bist du einfach nur dumm?«

Ich hüstele ein wenig. »Du musst entschuldigen, aber wie du siehst, habe ich Besuch, und ich wollte meinem Freund ein wenig die Gegend zeigen. Wilder Nachbargarten und so.«

»Der Große Weiße hat dich noch nie mit einem … Freund gesehen. Er weiß, dass du ein Einzelgänger bist. Du kannst dem Großen Weißen nichts vormachen.« Sein Schwanz peitscht hinter ihm so sehr durch die Blumen, dass es Blüten regnet.

»Sach ma, spinnt der?«, flüstert Kalle mir zu. »Was quatscht der denn für n Nonsens?«

Der Große Weiße dreht langsam den Kopf und betrachtet Kalle aus seinen hellen Augen mit unverhohlenem Abscheu. »Der Große Weiße kann sich vorstellen, wieso du heute in Begleitung hier bist«, sagt er grollend zu mir, während er Kalle mustert. »Sicher hast du von dem Kampf gehört, in dem der Große Weiße die Kater-Brüder im Garten neben dem Spielplatz besiegt hat? Ist nicht viel übrig geblieben von ihnen …«

Ich kann spüren, wie meine Nackenhaare sich gegen meinen Willen aufrichten. Die Kater-Brüder kenne ich von meinen früheren Ausflügen als ich noch hin und wieder in die umliegenden Gärten spaziert bin. Sind stattliche Kerle. Und halten zusammen wie Pech und Schwefel. Wenn er die beiden zusammen besiegt hat, dann …

Als ich schon ein leichtes Zittern in mir aufsteigen fühle, höre ich plötzlich etwas, mit dem ich gar nicht gerechnet habe: Lachen.

Kalle lacht.

Tatsächlich.

Der Große Weiße und ich sehen ihn beide an. Der schwarze Klops lacht so sehr, dass er nach Luft schnappen muss. »Das Sofakissen hat doch voll die Macke!«, keucht er zwischen seinen Lachsalven. »Der Groooße Weeeeiiiße«, ahmt er ihn mit rollenden Augen nach und lacht dabei so sehr, dass er auf seinen dicken Hintern plumpst.

Ich wage kaum, zu der weiß leuchtenden Gestalt rüberzuschauen.

»Kalle!«, raune ich. »Reiß dich zusammen!« Um dann etwas lauter fortzufahren: »Der Große Weiße hat schon immer in der dritten Person von sich gesprochen.«

Doch meine Erklärung trägt keinesfalls dazu bei, dass Kalle sich wieder beruhigt. Im Gegenteil. Er grölt erneut los: »Dritte Person! Der Spinner tut so, als wäre er nicht nur ein Kater, sondern drei?« Für einen Moment hält er inne und denkt nach. Doch dann brüllt er wieder los: »Na, dick genug für drei ist der ja, oder? Und Fell genug hat er auch!«

Der Große Weiße knurrt.

Doch irritierenderweise sieht er dabei nicht Kalle an, sondern mich!

»Dein … Freund beleidigt den Großen Weißen!«, faucht er.

»Ja … ähm … aber … er meints nicht so«, versuche ich abzuwiegeln. Denn plötzlich muss ich wieder an das unschuldige

Blatt denken, das er mit einem einzigen Prankenschlag in Fetzen gerissen hat.

Der Große Weiße erhebt sich und wirkt plötzlich noch beeindruckender. Den Rücken zu einem gewaltigen Buckel gebeugt, fixiert er mich aus kalten Augen.

»Das. War definitiv. Ein Fehler. Kleiner Kasimir«, grollt er und duckt sich ein wenig.

Ich versuche abzuschätzen, wie weit er aus dem Stand springen kann, und mache mich bereit, zur Seite auszuweichen. Mit drei Sätzen wäre ich am Zaun …

Doch da ertönt schräg hinter mir wieder Kalles Stimme. Und jetzt fällt mir auch auf, dass sein Lachen verstummt ist. Er hat offenbar schlagartig seine gute Laune verloren. »Hey, lass den Kasimir in Ruhe, klar?! Sonst kriegst dus mit mir zu tun!«, motzt er und stellt sich ebenfalls hin. Eine verrückte Sekunde lang denke ich nicht an den bevorstehenden ungleichen Kampf, sondern nur daran, dass ich Kalle noch nie so erlebt habe. So … unfreundlich.

»Der Große Weiße ist größer als der Ringelschwanz-Hund!«, spuckt der Große Weiße gehässig aus.

Bei dieser Bezeichnung zuckt Kalle einmal kurz zusammen. »Das sieht nur so aus«, sagt er dann. »Linna sagt immer: Schwarz macht schlank!«

Ich kann es kaum glauben, aber der Große Weiße blinzelt kurz. Nur eine einzige Sekunde lang. Dann hat er sich wieder unter Kontrolle. Aber dieses kurze Blinzeln verschafft mir den Mut, den ich brauche, um vorzutreten.

»Wir sind nicht auf Streit aus, Großer Weißer«, sage ich. »Am besten wäre es wohl, wenn wir einfach alle unserer Wege gingen und «

»Aber wenn du unbedingt Kloppe haben willst, dann ist es auch gut!«, fällt Kalle mir ins Wort. »Musste nur sagen!«

Der Große Weiße wird für einen Moment lang noch größer, weil sich sein Fell über dem gewaltigen Buckel sträubt.

Sein gesamtes Gesicht wird zu einem riesigen roten Rachen mit zwei Reihen nadelspitzer Zähne, als er uns anfaucht. Ein mächtiges Raubtiergebiss.

»Komm doch, wenn du dich traust!«, ruft Kalle und trippelt angriffslustig hin und her. »Wir sind bereit! Der weltbeste Ermittler und sein Assistent lassen sich nicht ins Bockshorn jagen von so nem Plüschtrottel wie dir! Komm nur her, wenn du denkst, du kannst es mit uns aufnehmen! Na, looos!«

»Kalle, ich weiß nicht …«, beginne ich und behalte noch immer die wenigen Meter zum Zaun im Auge. Aber da geschieht plötzlich eine Veränderung mit dem Großen Weißen.

Gerade noch zum Angriffssprung bereit, dreht er nun den Kopf und sieht an uns vorbei. Seine Augen, sonst so kühl und unbewegt, weiten sich. Und dann, mit einem letzten leisen Fauchen, wendet er sich blitzschnell um und verschwindet spurlos im grünen Dickicht des Gartens. Noch ein letztes Rascheln, schon an der hinteren Grundstücksgrenze, dann ist er fort.

Kalle starrt ihm sprachlos nach. »Öhm …«, macht er.

Ich drehe mich um.

»Deckung!«, zische ich und werfe mich auf ihn inmitten des Blumenbeetes.

Vielleicht eignet er sich als Assistent doch besser, als ich dachte, denn er setzt sich weder zur Wehr, noch macht er einen Mucks.

Eng an den Boden gepresst, liegen wir beide dort und können hören, wie schwere Schritte näher kommen, unser Versteck passieren und sich Richtung Schuppen entfernen.

Der Verdächtige X hat offenbar nur einen kurzen Ausflug nach vorne raus gemacht. Denn als ich vorsichtig über die Grasspitzen blinzle, kann ich sehen, wie er die drei Schlösser wieder aufschließt, hineingeht und die Tür hinter sich schließt.

Ich setze mich auf.

Auch Kalle taucht aus der Versenkung auf.

»Mann! Wie haben wir das gemacht, Kasimir?«, ruft er begeistert. »Der fiese Kerl hat echt Fersengeld gegeben! Futsch! Weg war er!«

»Ich will deine Freude ja nicht trüben«, sage ich. »Aber ich glaube kaum, dass der Große Weiße vor uns geflüchtet ist.«

Kalle hält inne und sieht mich mit offener Schnauze verblüfft an.

»Aber wieso denn? ... Ach sooo! Du meinst, der ist abgehauen, weil der Verdächtige X kam?« Ein bisschen enttäuscht sieht er auf einmal aus, dieser kleine Größenwahnsinnige. Aber dann hellt sich seine Miene sofort wieder auf. »Mensch, Kasimir, du meinst doch nicht etwa, das explodierte Sofakissen hat Schiss vor Menschen?«

Ich stutze. »Allerdings«, stelle ich dann fest. »Genau das meinte ich. Der Große Weiße ist offenbar menschenscheu. Wieso sonst hätte er mich gehen lassen, als Linna am Zaun auf mich gewartet hat? Und wieso sonst hätte er gerade dann das Weite suchen sollen, als der Verdächtige X uns so nahe kam? Sehr gut zu wissen!«

»Wieso jetzt?«, will Kalle wissen, der an meinen Lippen gehangen hat.

»Es ist nie schlecht, die Schwächen seiner Feinde zu kennen«, erkläre ich ihm.

Kalles Kugelaugen sehen mich bewundernd an. »Wahnsinn, Kasimir. Du bist echt der beste Boss, den man sich bei einer Ermittlung nur wünschen kann. Davon kann ich mir echt ne Scheibe abschneiden! Wie du den Verdächtigen durchschaut hast! Und jetzt auch noch diesen Zuckerwattekater ohne Stiel! Ist nie schlecht, die Schwächen seiner Feinde zu kennen. Wow!«

Selbstverständlich hätte ich selbst das alles nie derartig zusammengefasst, aber ... »Tja, also wenn du es so sagst, klingt das fast ein bisschen übertrieben. Aber im Grunde hast du wohl recht«, nicke ich.

Kalle hechelt begeistert: »Und ob ich recht hab, Boss! Denn genauso super, wie die Schwächen vom Feind zu kennen, ist es doch, die Schwächen von einem selbst einfach so zack! mit einer Pfote zur Seite zu wischen!« Er muss in seiner ungebremsten Euphorie kurz Luft holen und blickt mich bewundernd an. »Ich meine, du hast zwar Muffe davor, vorne rauszugehen, aber du sagst einfach: Ich mach das! Ich probier das aus! Au Mann, ich an deiner Stelle würd total den Schwanz einziehen. Aber du du überwindest einfach deinen inneren Schweinemenschen und wirst das bei der nächsten Gelegenheit versuchen! Wow, Boss, Respekt!«

Einen Moment lang starre ich in sein entzücktes Gesicht.

»Ähm … ja«, sage ich dann. Und mir wird klar, dass ich wahrscheinlich keinen Rückzieher mehr machen kann.

8. Kapitel – Kalle

Regen, Regen, Regen. Menno! Ich verstehe absolut nicht, warum es auch im Sommer ab und zu regnet. Da soll es doch sonnig, trocken und schön warm sein. Aber wer auch immer das mit dem Wetter entscheidet, findet es witzig, ab und zu so einen ekligen Regenschauer zu fabrizieren. Wenn ich ihn vorwurfsvoll angucke, sagt Mads immer, er hat keinen Einfluss darauf daher glaube ich mittlerweile, dass er damit wirklich nix zu tun hat. Vor allem, weil auch er manchmal übers Wetter schimpft und offenbar nicht immer gleich gerne n Spaziergang mit seinem treuesten Freund auf vier Pfoten (MIR!) macht.

»Brrr, es ist aber auch eklig da draußen!«, stellt er jetzt gerade mit einem Blick aus dem Fenster fest, während er am Schreibtisch sitzt und irgendwas am Computer macht.

Ich kann ihm da nur zustimmen. Mir reicht schon der Ausblick, den ich von meinem gemütlichen Körbchen aus nach draußen habe, und sofort kuschele ich mich noch tiefer in meine Decke.

Linna, die auf dem Sofa sitzt und in einem Buch liest, schaut nur kurz auf und macht: »Hm, ja. Bei dem Wetter hat man die Wege und Parks fast für sich allein. Sind auch kaum Autos unterwegs heute. Alle bleiben lieber zu Hause.«

Das ist der Moment, in dem Kasimir, der bisher schnurrend auf der Sofalehne gelegen hat, den Kopf hebt.

Nachdenklich guckt er aus dem Fenster, genau wie Mads und Linna, und dann springt er plötzlich auf und rennt zur Tür.

Und mit Tür meine ich die Tür nach vorne raus!

Ausgerechnet jetzt, wo ich gerade ein kleines Nickerchen einschieben wollte … »Was hastn du vor?«, will ich wissen.

»Üben!«, erklärt Kasimir mir. »Wenn ich bei der nächsten Observation des Verdächtigen X nach vorne rauswill, sollte ich es vorher schon mal geübt haben. Damit mir im Ernstfall kein Fehler mit dem Bürr-gerr-steig unterläuft.«

»Cool!«, sage ich.

Kasimir sieht mich an.

Er hat manchmal so eine Art, mich anzusehen, dass ich genau weiß, er will irgendwas von mir, rückt aber nicht sofort damit raus. Fast so, als müsste ich von selbst wissen, was er will.

»Was?«, frage ich.

»Na, du musst Mads jetzt Bescheid geben, dass du dringend vor die Tür musst«, antwortet Kasimir.

»Jetzt?«, wiederhole ich schaudernd. Er hört doch bestimmt auch das fiese Plätschern auf der Terrassenüberdachung?

»Jetzt!«, nickt Kasimir.

»Was ist denn, mein Kleiner?«, säuselt Linna da in Richtung Kasimir. »Willst du ein bisschen spielen? Vielleicht mit der Rappelmaus?«

»Au ja, Linna! Hol die Rappelmaus!«, rufe ich. »Und ich lieg hier gemütlich im Körbchen und guck euch einfach ein bisschen zu, ja?«

»Halt die Klappe, Kalle!«, faucht Kasimir.

Menno!

Dann hebt er seinen schönen buschigen Schwanz und streicht an der Wohnungstür entlang.

Linna beobachtet ihn verwundert.

»Was hat er denn?«, will auch Mads jetzt wissen.

»Keine Ahnung. Wenn ich nicht wüsste, dass er nie diese

Tür benutzt, würde ich sagen, er will raus …«, sagt Linna und lässt Kasimir nicht aus den Augen. Dafür, dass sie uns nicht versteht, kapiert sie echt eine ganze Menge.

»Aber er hat doch die Katzenklappe«, sagt Mads.

»Und seine Pipibox im Badezimmer!«, setze ich hinzu. Ich muss sagen, dass ich ihn an Tagen wie diesem ein bisschen um das Ding beneide.

Linna legt ihr Buch zur Seite, steht auf und geht zur Katzenklappe in der Hintertür. Sie tippt ein paarmal dagegen, sodass sie leise klappert. Dann zuckt sie mit den Achseln und setzt sich wieder aufs Sofa.

»Kalle«, sagt Kasimir, der mittlerweile vor der Wohnungstür sitzt.

»Aber ich muss gar nicht«, sage ich.

Ich gähne und rekle mich im Körbchen herum. Doch mit so einem bohrenden Blick im Rücken, kann niemand ein gemütliches Schläfchen machen.

Schließlich seufze ich tief.

»Na gut«, sage ich und stehe auf. »Aber nur bis an die Straßenecke. Da heb ich mein Bein, und dann gehts wieder zurück. Okay?«

Ich kann sehen, dass Mads aus dem Augenwinkel beobachtet, wie ich zur Tür trabe.

Meistens reicht ihm das schon als Hinweis. Aber diesmal hat er wohl genauso wenig Lust rauszugehen wie ich.

»Mads!«, rufe ich deswegen. »Ich muss mal!«

Mads stöhnt.

Linna schielt über ihr Buch zu ihm hin.

»Kann er nicht ausnahmsweise mal in den Garten?«, fragt Mads.

Doch Linna spitzt die hübschen Lippen. »Wir waren uns doch einig, dass die Klappe nicht zur bequemen Alternative für die dringend notwendigen Spaziergänge wird.«

Mads überlegt offenbar noch einen Moment, ob es sich

lohnt zu widersprechen, aber dann erhebt er sich ächzend von seinem Stuhl und trottet zu uns in den Flur.

Er zieht seine Turnschuhe an und nimmt die Regenjacke und meine Leine vom Haken.

»Bis gleich dann«, brummelt er.

»Lass Kasimir aber nicht mit raus«, sagt Linna noch, gerade als Mads die Wohnungstür öffnet und Kasimir schnell wie der Blitz hinausschlüpft.

»Ups«, macht Mads. Und dann: »Oh nein! Die Haustür steht offen!«

»Was?« Linna springt auf.

»Ja, Kasimir ist sofort rausgewitscht«, sagt Mads beunruhigt.

Linna stürzt in den Flur und ich zur Wohnungstür hinaus.

»Kalle!«, ruft Mads. Während ich noch in der offenen Haustür stehe und die Straße nach rechts und links hinuntersehe, kann ich hören, wie er keucht: »Was ist denn bloß los? Sonst muss ich ihn bei Regen doch immer an der Leine hinter mir herzerren …«

»Kasimir!«, ruft Linna mit hoher, zittriger Stimme, während sie drinnen in ihre Schuhe springt und die Jacke an sich reißt.

Schon stehen die beiden neben mir in der Tür.

»Ich hab ihm die Sache mit dem Bürgersteig erklärt«, versuche ich sie zu beruhigen. »Er kann also nur da oder da lang gerannt sein.« Aber natürlich versteht mich wieder keiner.

»Oh Gott, wo kann er hin sein? Was ist bloß in ihn gefahren?«, jammert Linna und klingt echt ziemlich panisch.

Da sehe ich rechts ein Stück entfernt etwas, das aussieht wie eine rot-weiße Flaschenbürste.

»Mir nach!«, rufe ich und renne los.

Die beiden hinter mir her.

Boah, ist das eklig!

Regen von oben. Spritzer von unten. Pfützen. Pfützen. Pfützen.

Ein paar Häuser weiter die Straße runter sitzt Kasimir in einer Garageneinfahrt unter dem Vordach und putzt sich.

»Mensch, Boss«, keuche ich. »Jetzt hast du uns aber n Schrecken eingejagt! Einfach so loszuwetzen!«

Kasimir macht ne kurze Pause und guckt sich an, wie wir alle pitschnass vor ihm stehen. Wahrscheinlich irre ich mich, aber im ersten Augenblick finde ich, dass er zufrieden aussieht.

»So kennt man mich eben. Entschlossen. Mutig. Immer Herr der Lage«, sagt er dann bescheiden und fährt sich weiter mit der Zunge über den Pelz.

»Kasiiiiimir«, zwitschert Linna und geht in die Hocke. »Komm her, mein Kleiner. Was ist denn los, hm? Hat dich irgendwas erschreckt?«

Kasimir guckt nach dem Ende des Garagenvordachs und läuft uns bis dahin entgegen. Linna geht zu ihm und hebt ihn hoch auf den Arm.

Sie öffnet die Jacke ein Stückchen und schiebt Kasimir dort hinein. Aaahh, da ist es bestimmt sehr kuschelig und warm und trocken.

Ich schaue zu Mads hoch.

Doch der hat nur Augen für unsere Linna und hat wieder diesen gewissen Ausdruck im Gesicht. »Vielleicht wollte er, dass wir mal eine berühmte Filmszene nachspielen«, schnurrt er mit tiefer Stimme.

Linna blinzelt ihn an und lächelt dann. Während uns allen außer Kasimir der Regen auf Kopf und Körper prasselt, stehen unsere beiden Zweibeiner da und lächeln sich an.

»Frühstück bei Tiffany?«, sagt Linna. »Sag bloß, du findest den auch so toll?«

Mads nickt.

Linna schmiegt sich an ihn.

»Vorsicht, bitte!«, brummelt Kasimir aus ihrer Jacke.

»Ist eine meiner Lieblingsszenen überhaupt«, murmelt Mads, während mir bereits ein Sturzbach den Rücken runterläuft. »Wie sie im strömenden Regen nach ihrem Kater suchen und ihn dann finden und einander sagen, dass sie zusammengehören, ganz sicher und für immer.«

»Oh, Mads …«, flüstert Linna.

Jetzt küssen sie sich auch noch.

»Gibts in dem Film auch einen Mops?«, frage ich. Aber mir hört wieder keiner zu.

»Willst du mir etwa sagen, du findest, dass wir … wir zwei, dass wir …«, beginnt Linna.

»Ja, wir gehören zusammen!«, sagt Mads feierlich.

Er will Linna wieder küssen, aber sie zieht kurz ihren Kopf zurück und fragt: »Und das mit Nicole ist wirklich aus und vorbei? Sie ist nur noch deine Ex? Und du denkst auch nicht mehr an sie?«

»An eine Frau mit Tierhaarallergie?«, erwidert Mads. Und dann lachen sie beide bevor sie sich erneut küssen.

»Okay, Leute, können wir jetzt wieder reingehen?«, melde ich mich. »Ich glaub, ich bräuchte mal son Spezial-Abrubbler mit dem großen Frotteetuch.«

Linna und Mads schauen zu mir runter. Irgendwo zwischen ihnen lunzt auch Kasimir raus.

»Na, dann kommt mal wieder rein«, sagt Mads, legt den Arm um Linna, und wir drehen um.

Und dann.

Sehe ich sie.

Sie kommt uns entgegen. Neben sich ihren Zweibeiner. Aber dem schenke ich überhaupt keine Beachtung. Wie könnte ich auch einen Zweibeiner beachten, wenn neben ihm das tollste Mädel der Stadt, des Landes, ach, der ganzen Welt läuft?

Braun wie Schokolade. Mit helleren, wunderschön geschwungenen Augenbrauen, hellbrauner Schnauze und Pfoten in derselben Farbe.

Sie tänzelt durch den Regen auf mich zu, als wäre es ein

fantastischer Spaß, bei diesem Wetter draußen zu sein. Hochbeinig. Schlank. Einfach ne Wucht!

»Kalle?«, fragt Mads.

Und da wird mir erst klar, dass er und Linna schon ein paar Meter gegangen sind. Ich selbst hab mich aber noch nicht einen einzigen Schritt vom Fleck bewegt.

Und das werde ich wahrscheinlich auch nie wieder können.

Ich stehe wie angewurzelt hier. Während sie näher und näher kommt.

Ihr Zweibeiner sagt etwas zu Mads und Linna. Alle drei lachen.

Aber das bekomme ich nur wie durch Nebel mit.

Sie kommt näher. Näher.

Gleich ist sie da.

Sie sieht mich aus ihren granatenmäßig schönen braunen Augen an und sagt: »Na, Kleiner?!«

Ihr Mensch sagt: »Komm weiter, Amanda. Mach ihm mal keine Angst.«

Und dann ist sie vorbeigegangen.

Ich sehe ihr nach.

Bis sie mit wippendem Hinterteil am Ende der Straße um die Ecke verschwindet.

»Kalle?«, sagt da Kasimir, der seinen Kopf aus Linnas Jacke herausgezwängt hat.

»Hä?«, mache ich. Amanda. AMANDA.

»Mach die Klappe zu. Und hör auf zu sabbern. Das ist ja widerlich«, sagt er.

9. Kapitel – Kasimir

Ich dachte ja, als ewig vergnügter, ungebetener Gast sei ein Mops schon unerträglich.

Aber nun weiß ich: Wirklich nicht auszuhalten ist es, wenn dieser Mops dann auch noch verliebt ist.

Von früh bis spät wird nun geseufzt, aus dem Fenster geschaut, und plötzlich gibt es kein Wetter mehr, das ihn von einem Spaziergang um den Block abhalten könnte.

Jedes Mal kommt er mit hängendem Kopf zurück. Nur um das Seufzen und Aus-dem-Fenster-Starren sofort wieder aufzunehmen.

»Es muss diese Dobermannhündin aus der Parallelstraße gewesen sein. Weißt du? Die uns im Regen begegnet ist«, sagt Mads abends zu Linna. Und dann sehen beide schmunzelnd zu Kalle hinüber, der aufrecht im Körbchen sitzt und dabei versucht, aus dem Fenster einen Blick auf die Straße zu erhaschen.

»Ihr Männer seid schon eine ganz besondere Spezies«, sagt Linna, und Mads grinst ein wenig schief als ob er zwar wüsste, was sie meint, das aber nur bedingt lustig fände.

Mich beachtet bei der ganzen Sache eigentlich niemand.

Es ist auch nicht ein einziges Mal zur Sprache gekommen, dass ich mich mutig, einsatzbereit und voller Entschlossenheit vorne rausgewagt habe. Dabei bin ich vollkommen allein und unter Einsatz meines Lebens den Bürr-gerr-steig entlanggerannt und habe erst am Ende der Straße Deckung bezogen.

Nun ja, es ist wirklich von Vorteil, dass ein professioneller Ermittler wie ich keine Bestärkung durch Zwei- oder gar Vierbeiner braucht. Ich weiß, was ich wert bin. Und das muss mir schließlich nicht permanent gesagt werden.

»Kasimir macht mir ein bisschen Sorgen. Er sieht so schlecht gelaunt aus. Vielleicht hat er was«, sagt Linna beim Frühstück bekümmert und sieht zu mir rüber, während ich auf der Küchenarbeitsfläche ein bisschen Dosenfutter lutsche. Hier oben darf ich meine Mahlzeiten einnehmen, nachdem klar wurde, dass jegliches Futter, das am Boden serviert wird, augenblicklich vom schwarzen Höllenschlund verschlungen wird.

»Was soll er denn haben?«, fragt Mads verwundert und wirft einen Blick zu Kalle hinunter, der sein Futter natürlich schon längst inhaliert hat und nun auf ein Stückchen Butterbrot hofft.

»Ich weiß nicht. Vielleicht hat er sich im Regen erkältet?«, mutmaßt Linna. Ach, meine liebste Linna! Wenn du wüsstest, wie nah du dran bist! Was mir auf den Magen geschlagen ist, hat tatsächlich mit unserem verregneten Auslug zu tun. Aber es ist keine Erkältung.

Jetzt schaut auch Kalle zu mir hoch und sagt: »Mensch, Kasimir, jetzt seh ichs auch. Du siehst ja voll ... miesmuffelig aus. Wasn los?«

Ich höre auf, an meinem Futter herumzuschlecken, und sage: »Völlig falsch interpretiert. Ich denke nur nach.«

Kalle macht runde Augen. »Sach bloß, Kasimir, ... sach bloß, du musst auch die ganze Zeit an Amanda denken?«

Würde ich Kalle nicht kennen, hätte ich jetzt vermutet, dass er mich auf den Arm nehmen will. Aber leider kenne ich ihn ja mittlerweile schon eine ganze Weile, und schwer zu durchschauen ist er auch nicht. Also weiß ich: Er meint das tatsächlich ernst.

»Selbstverständlich nicht!«, antworte ich also mit Nachdruck. »Ich bin professioneller Ermittler! Ich lasse mich nicht ablenken vom bisher wichtigsten Fall meiner Laufbahn, indem ich permanent an dahergelaufene Dobermannhündinnen denke.«

Jetzt sieht Kalle ein wenig beschämt aus.

»Sorry, Boss«, murmelt er. »Ich weiß auch nicht … Es kam einfach so über mich, und da …«

»Schwamm drüber!«, sage ich und ertappe mich bei einer Bewegung mit der Pfote, die ganz entfernt an Kalles Gib-Pfötchen-Kunststück erinnert.

Ärgerlich peitsche ich mit dem Schwanz. Und Kalle springt sofort auf und wedelt mit seinem lächerlichen geringelten Möchtegern-Gegenstück.

»Wenn du willst, können wir sofort rausgehen und opperieren!«, ruft er. Ohne meine Antwort abzuwarten, läuft er aus der Küche ins Wohnzimmer. Dann klackert die Katzen… ähm, die Katzenmopsklappe.

Mads und Linna sehen sich verwundert an. Und dann mich.

»Na, dann geh mal fein hinterher, Kasimir«, redet Linna mir freundlich zu. »Ich glaub, der Kalle will ein bisschen mit dir spielen.«

Ich erhebe und recke mich.

»Aber nur, weil ich es so will!«, sage ich zu Linna.

Und denke bei mir: Herrje, was mach ich denn? Sie kann mich doch sowieso nicht verstehen.

Dann breche ich mit erhobenem Schwanz auf zu unserer heutigen Ermittlung.

Kalle patrouilliert schon durch den gesamten Garten und verkündet: »Kein explodiertes Sofakissen weit und breit, Boss!«

Das sind gute Neuigkeiten. Doch mit der Observation des Nachbargrundstücks warten wir sicherheitshalber, bis wir sehen, dass Linna und Mads unser Haus nach vorne raus verlassen haben. Sobald sie mit ihren Autos in verschiedene Richtungen davongebraust sind, klettere ich behände in den Fliederbusch, und Kalle bezieht Position vor dem Astloch im Zaun.

Eine Weile tut sich drüben gar nichts. Und damit meine ich: rein gar nichts! Auch nichts … Weißes.

Das scheint mir eine gute Gelegenheit.

»Kalle?«, wispere ich zu ihm hinunter.

Er reagiert nicht. Ist der Kerl eingeschlafen? »Kalle!« Aber nein, er zuckt zusammen und hebt den Kopf. Seine Augen haben diesen gewissen glasigen Ausdruck.

»Boss?«

»Hör auf, an diese Hündin zu denken!«, raune ich.

»Woher ?«, beginnt er, doch ich unterbreche ihn: »Los jetzt! Durch den Zaun! Wir versuchen in den Schuppen zu kommen!«

Gehorsam springt Kalle auf und taucht durch das Loch unterm Zaun durch. Ich lande geschmeidig neben ihm, und zusammen schleichen wir durch die wuchernden Rabatten zum Schuppen hinüber.

Also … ich schleiche. Kalle versucht es auch. Aber von Natur aus ist es ihm einfach nicht gegeben. Ständig tritt er auf trockene Zweige oder welkes Laub. Eine Maus würde er so niemals erwischen.

Am Schuppen angekommen, versuche ich mein Glück noch einmal am Fenster. Aber leider ist auch in der Zwischenzeit nicht geputzt worden.

»Nichts zu erkennen«, flüstere ich Kalle zu.

»Dann gucken wir, ob wir hinten reinkommen. Das Ding ist ja total oll. Vielleicht ist irgendwo n Brett locker oder so?«, schlägt Kalle siegesgewiss vor und zockelt um die Ecke.

Ich springe hinunter und folge ihm.

Die Rückseite des Schuppens ist beschattet von einer hohen Hecke.

»Aha!«, sage ich. »Ideale Bedingungen, um sich unbeobachtet in aller Ruhe umzusehen.«

Kalle schnieft. »Tatsache, Boss! Aber … ich sach ma so, es gibt nicht so viel zu gucken.«

Und damit hat er leider recht.

Die Rückseite des Schuppens ist einfach nur die Rückseite eines Schuppens, genauso wenig baufällig wie die Vorderseite. Kein geheimer Hintereingang. Kein Brett, das man mit geschickten Katzenpfoten und kräftigem Mopskiefer packen und zur Seite stemmen könnte.

»Mist!«, fasst Kalle unsere Untersuchung recht treffend zusammen.

»Solange wir nicht wissen, was da drin ist, kommen wir keinen Schritt weiter«, erkläre ich ihm, während er vor mir hockt.

»Wir müssen einen Weg finden, irgendwie hineinzukommen und uns umzusehen …«, sinniere ich.

Da reißt Kalle plötzlich die Augen und die Schnauze auf.

Er bewegt sich nicht, rollt jedoch demonstrativ mit den Augen und zuckt mit den schlabbrigen Ohren. Und da höre ich es auch: Schritte nähern sich über den Wiesenweg. Zweibeinerschritte. Schritte von mehreren Zweibeinern.

»Der Verdächtige X ist nicht allein!«, stelle ich leise fest.

Kalle spitzt die Ohren und lauscht.

Dann hebt er seine Pfote. Einmal. Zweimal. Dreimal. Viermal.

Es sind vier.

Und so, wie es klingt, schließen sie gerade den Schuppen auf.

Plötzlich wirkt Kalle wild entschlossen: »Ich renne nach vorn und schmuggle mich mit rein!«, sagt er und will schon los doch ich bekomme ihn gerade noch zu fassen.

»Autsch!«, mault er.

Dann lehne ich meinen Kopf an die Schuppenwand und presse ein Ohr dagegen. Sofort robbt Kalle an die Wand heran und macht es mir nach.

So hocken wir hier, Auge in Auge, während wir unsere Ohren an ein Holzbrett quetschen, ein Kater und ein Mops auf Verbrecherjagd.

Wir können hören, wie die Tür in den Angeln quietscht. Und dann ist da eine Stimme, die sagt: »Kommen Sie doch herein. Darf ich vorgehen?« Typisch Zweibeiner! Statt das eigene Territorium gegen Eindringlinge zu verteidigen, laden sie permanent Fremde zum Betreten ein. Einen Vorteil hat dieses Verhalten jedoch: Wir wissen nun, dass es höchstwahrscheinlich der Verdächtige X ist, der die Einladung ausgesprochen hat. Er ist hier schließlich zu Hause. »Sie werden sehen, es ist höchste Qualität. Die vielen Versuche und das Experimentieren haben sich gelohnt! Sie werden sehr zufrieden sein«, fährt er fort.

»Nicht quatschen. Zeigen«, sagt eine andere Stimme. Der Tonlage zufolge ist es ebenfalls ein Männchen. »Ihr bleibt hier draußen und behaltet alles im Auge«, schiebt die Stimme noch hinterher. Als Antwort ist ein tiefes Brummen zu hören.

Dann kommen zwei Paar Schritte im Schuppen näher zur hinteren Wand.

»Das ist also die Wundermaschine«, sagt die zweite Stimme skeptisch.

»Ja, das ist sie. Ein Prachtstück, finden Sie nicht? Ist mit Handarbeit nicht zu ersetzen«, sagt der Verdächtige X. Es ist nicht zu überhören, dass er nervös klingt.

»Wo ist das Ergebnis?«, fragt der Zweite.

»Hier im Koffer«, sagt der Verdächtige X.

Kalle sieht mich mit aufgerissenen Augen an.

Ich blinzle ihm zustimmend zu.

Hm. Muss sagen, ein bisschen hatte ich ja an seiner Geschichte mit dem Koffer als Versteck für sehr wichtige Sachen gezweifelt. Konnte mir nur schlecht vorstellen, dass Mads tatsächlich seine Dienstwaffe und sein Handfunkgerät in so einem Teil aufbewahrt. Aber so, wie es klingt, scheint es wohl doch zu stimmen. Offen gestanden, hätte es mich auch gewundert, wenn Kalle sich eine derartig komplexe Geschichte ausgedacht hätte.

Man hört ein Schnacken von kleinen Schlössern, die aufgeklappt werden. Dann ist es einen Augenblick still.

»Hm … nicht schlecht«, sagt der zweite Zweibeiner schließlich.

Ein merkwürdiges Rascheln ist zu hören.

»Ähm …«, macht der Verdächtige X. »Was tun Sie denn da?«

»Kontrollieren, ob die Qualität überall gleich ist«, antwortet die andere Stimme. »Denn, stellen Sie sich vor, es gibt den einen oder anderen Dummkopf, der die besten Ergebnisse nach oben legt, und unten finden wir dann nur noch Schrott, der nicht mal einen Blinden überzeugen würde.«

»Ach?«, erwidert der Verdächtige X piepsig. »So was gibts?«

»So was gibt es immer wieder«, bestätigt der andere und klingt plötzlich kalt wie frisch gefallener Schnee, als er fortfährt: »So wie auch hier.«

»Auch hier?«, wiederholt der Verdächtige X hektisch. »Was meinen Sie? Das hier ist erstklassige Ware. Es ist «

»Lorentz!«, unterbricht die zweite Stimme ihn.

Aha! Jetzt wissen wir endlich, wie der Verdächtige X tatsächlich heißt. Ich nicke Kalle zu. Doch der legt nur seine Stirn in Falten und schaut mich fragend an.

Okay. Offenbar weiß momentan nur ich, wie unser Verdächtiger X wirklich heißt.

»Lorentz«, wiederholt der Zweite etwas sanfter. »Sie wollen doch keinen Streit mit mir?«

»N-n-n-natürlich nicht.«

»Dann lassen Sie uns mal eins klarstellen: Das Ergebnis hier unten entspricht nicht der Qualität, die Sie uns versprochen hatten. Richtig?«

Lorentz schluckt so laut, dass wir es durch die Schuppenwand hören können.

Doch neben seinem Schlucken ist auch noch etwas anderes zu hören. Ein ungewöhnliches Geräusch, das ich einen Augenblick lang nicht einordnen kann. Doch da ich immer noch Kalle anstarre, sehe ich im nächsten Moment, woher das neue Geräusch kommt, denn der schwarze Klops wird regelrecht davon durchgeschüttelt: Kalle hat vor Aufregung einen Schluckauf bekommen!

Mit weit aufgerissenen Augen sieht er mich Hilfe suchend an. Hicks!

Doch scheint man drinnen von diesem Unglücksfall nichts mitzubekommen. »Aber ich habe es getestet«, sagt Lorentz gerade mit dünner Stimme. »Unter dem üblichen Kontrollgerät …«

»Es geht hier nicht um dusselige Kassiererinnen an irgendwelchen (Hicks!) Supermarktkassen!«, schnauzt die zweite Stimme. Nur um dann wieder gefährlich leise zu werden: »Bei diesem Deal haben wir es mit Experten zu tun! Das hatte ich doch anfangs deutlich gemacht?«

»Haben Sie, haben Sie«, stammelt Lorentz.

Hicks!

»Und ich habe auch deutlich gemacht, dass wir uns auf Sie verlassen, nicht wahr?«

Lorentz antwortet nicht. Vielleicht hat er genickt, denn der Zweite fährt fort: »Dann sind wir uns ja einig.«

Hicks!

Es ist ein Klacken zu hören. Wahrscheinlich hat er den Kofferdeckel wieder geschlossen.

»Der Deal soll am übernächsten Wochenende über die Bühne gehen. Bis dahin brauche ich die vereinbarte Menge. Und zwar komplett!«, sagt die zweite Stimme dann. »Und Lorentz, ich muss wohl nicht betonen, dass meinen beiden Freunden da draußen (Hicks!) das Gelingen dieses Unternehmens sehr am Herzen liegt …«

»Ich werde pünktlich fertig sein. Ganz bestimmt«, keucht Lorentz.

»Und kommen Sie bloß nicht auf die Idee, die missratenen Versuche irgendwo wegzuwerfen. Lassen Sie das Zeug sonst wie verschwinden. Klar?«

»Klar. Natürlich. Hätte ich nie ...«

Hicks!

»Pssst!«, zischt plötzlich die zweite Stimme. »Was ist das für ein Geräusch?«

Im Schuppen wird es totenstill.

Kalle presst seine Kiefer so fest aufeinander, dass seine Augen aus dem Kopf zu quellen drohen. Aber trotzdem kann er den Schluckauf nicht unterdrücken. Hicks!

»Bruno! Karl! Schaut Euch mal um, da ist irgendwer«, blafft die zweite Stimme.

Kalle wirft sich auf den Boden und wühlt seine Schnauze in die laubige Erde.

Aber es ist zu spät. Schon sind Schritte vor dem Schuppen zu hören.

Ohne recht darüber nachzudenken, springe ich zur Seite, halte kurz inne und spaziere dann mit hoch gerecktem Schwanz um die Ecke.

Gerade noch rechtzeitig, denn zwei grobschlächtige Kerle stürzen mir bereits entgegen.

Bei meinem Anblick bleiben sie beide wie angewurzelt stehen.

»Mau?«, mache ich mit meiner reizendsten Stimme. »Mau, mau!?« Linna fährt da immer total drauf ab. Und auf die beiden scheint es auch eine positive Wirkung zu haben. Sofort entspannen sie sich.

»Ist nur ne Katze, Chef«, sagt der eine Kerl, während er sich Richtung Schuppentür dreht.

Der andere hockt sich hin und streckt die Hand nach mir aus. »Na, komm mal her, du! Miez, miez, miez.«

Trotz seiner enormen Größe macht er einen freundlichen Eindruck. Aber trotzdem halte ich lieber Sicherheitsabstand.

»Eine Katze?« An der vorderen Schuppenecke erscheinen zwei weitere Gesichter. Das eine rund und faltig, mit hängenden Wangen und feuchten, geröteten Augen. Das andere gehört unserem Nachbarn, dem Verdächtigen X von jetzt an wohl besser Lorentz genannt.

Der Mann mit den Schlabberbacken schnalzt mit der Zunge. »Tatsächlich, ne Katze.«

Doch Lorentz fixiert mich noch einen Moment länger. Beinahe misstrauisch betrachtet er mich.

»Die hab ich hier schon mal gesehen. Ist um den Schuppen geschlichen«, murmelt er.

Die beiden großen Kerle sehen sich gegenseitig an. Und Triefauge macht ein Geräusch, als wollte er lachen, wüsste aber nicht so recht, wie. »Dann würde ich die an Ihrer Stelle mal ganz genau im Auge behalten«, sagt er. »Wer weiß! Vielleicht ist es eine Polizeikatze!«

Bruno und Karl glucksen beide, als hätte er einen tollen Witz gemacht.

Dann wendet ihr Chef sich wieder Lorentz zu: »Ich denke, wir haben sowieso alles geklärt. Oder?«

»Selbstverständlich«, sagt Lorentz. Wirft mir jedoch immer noch verstohlene Blicke zu.

Triefauge nickt knapp. Dann dreht er sich auf den Fersen um und geht den Wiesenweg Richtung Haus.

Bruno und Karl folgen ihm mit schweren Schritten.

Lorentz sieht ihnen nach, bis sie zur Gartenpforte hinausgegangen sind.

Dann wendet er sich noch einmal mir zu. »Schsch!«, macht er und fuchtelt mit der Hand in meine Richtung. »Na los! Hau ab! Schsch! Schschsch!«

Ich erhebe mich gelassen und trabe zum Zaun hinüber. Mit einem einzigen Satz setze ich hinauf. Und als ich mich umdrehe, stelle ich fest, dass er mir hinterhersieht.

Ich springe auf der anderen Seite hinunter. Außer Sicht, flitze ich sofort zum Astloch, das sonst Kalle als Beobachtungsposten dient.

Was ist, wenn Lorentz nun auf die Idee kommt, doch noch hinter den Schuppen zu schauen?

Doch stattdessen dreht er um, verschwindet gleich wieder im Schuppen und schiebt den schweren Riegel vor die Tür.

Ich renne zum Fliederbusch hinüber und klettere hinauf. »Kaaalllee!«, zische ich.

Sein schwarzes, erdverschmiertes Gesicht erscheint an der Schuppenecke und blickt verwirrt in alle Richtungen.

»Hier oben!«, wispere ich.

Jetzt hat er mich entdeckt.

»Sind sie hicks! weg?«, flüstert er.

»Lorentz ist noch im Schuppen. Beeil dich! Los, komm rüber!«

So schnell ihn seine unbeholfenen Pfoten tragen, saust Kalle zum Tunnel unter dem Zaun und quetscht sich hindurch.

Ich lasse mich am Baum herab, und dann stehen wir voreinander.

»Endlich haben wir ihn!«, sage ich feierlich.

Kalle schaut verblüfft.

»Wir haben … was?«, fragt er.

»Den großen Schritt! Den ersten großen Schritt zur endgültigen Lösung!«, kläre ich ihn auf.

Kalle stutzt kurz. Dann trippelt er einmal strahlend im Kreis. »Cool! Au Mann! Ich bin ja so hicks! aufgeregt! Wir wissen Bescheid! Das ging ja flott, oder? Haben wir superschnell gelöst den Fall, oder?« Er hört auf, sich derart euphorisch im Kreis zu drehen, und fragt: »Ich sach ma so, Boss. Was wissen wir denn?«

Ich schüttle den Kopf. »Wir wissen jetzt, dass der Verdächtige X tatsächlich in dunkle Machenschaften verstrickt ist, und zwar nicht allein! Er arbeitet mit diesen anderen Zweibeinern zusammen oder wohl besser für sie. Wir haben es hier mit einer ganzen Verbrecherbande zu tun!«

»Ja, aber hicks! was sollen denn das für Verbrechen sein?«, überlegt Kalle und sieht mich ratlos an. Es muss wirklich frustrierend sein, wenn man es Tag für Tag mit so einem Superhirn wie meinem zu tun hat. Sogar für mich ist es manchmal anstrengend.

»Könnte sein, dass sie Drogen oder Ähnliches herstellen. Du weißt schon, so in der Art von Baldrian oder Katzenminze nur für Zweibeiner und viel gefährlicher. Dinge, die andere Zweibeiner süchtig machen, sodass sie immer mehr und mehr davon wollen und jede Menge Papiergeld dafür ausgeben.«

»So was hicks! gibts?«, staunt Kalle.

»Du solltest abends mal mit fernsehen, wenn Linna, ich und Mads diese Ermittlerfälle gucken«, schlage ich ihm vor. »Da lernt man so einiges.«

»Aber ich bin abends hicks! immer so müde hicks!«, gesteht Kalle etwas beschämt.

Ich hebe die Pfote, als wäre das halb so wild. Und als Kalle sich so richtig entspannt, hole ich kurz aus und pfeffere ihm mit Schmackes einen vor den Latz. Dazu fauche ich: »Huuuaaarghh!«

Kalle fällt vor lauter Schreck auf seinen dicken Hintern. Er schnappt ein paarmal nach Luft und rappelt sich dann wieder auf.

»Meeensch, Kasimir«, sagt er. »Was sollte das denn? Hat nicht wehgetan oder so, aber ich hab mich volle Kanne erschrocken.«

»Und?«, antworte ich.

»Und?«, wiederholt er. »Und was?«

»Na, hast du noch Schluckauf?«

Kalle hält inne und lauscht.

»Nö«, strahlt er dann. »Weg! Au Wahnsinn, Kasimir! Du hast das gemacht, damit ich das blöde Gehickse loswerde, oder? Ach, komm schon. Ich durchschau dich, Kumpel. Das war supernett von dir! Danke, ey!«

»Schon gut«, brumme ich.

»Hammermäßig cool! Jetzt bin ich das blöde Gehickse los, UND wir haben den Fall gelöst!« Er sieht mich kurz an. »Haben wir doch, oder?«

Ich seufze und will ihm gerade die Umstände erklären dass wir nämlich einen großen Schritt weitergekommen sind, aber immer noch nicht wissen, um welche Ergebnisse es nun genau bei dieser Ermittlung geht , da hören wir schon wieder den Riegel an der Schuppentür.

Wie der Blitz flitzt Kalle zu seinem Astloch, und ich bin in einer Sekunde auf dem Fliederbaum.

Lorentz erscheint in der Schuppentür und sieht sich nach allen Seiten um.

Dann kommt er heraus. Unter einem Arm trägt er eine Plastiktüte und in der anderen Hand einen Spaten.

Er huscht zu einem der zugewucherten Beete hinüber und beginnt ein Loch auszuheben. Dabei schaut er immer wieder auf auch zu unserem Grundstück herüber , und ich bin froh, dass das Laub des Baumes mich so gut verbirgt.

Schließlich scheint ihm das Loch tief genug zu sein. Er schüttet den Inhalt der Plastiktüte hinein und beginnt dann, das Loch wieder zuzuschaufeln. Ganz zum Schluss setzt er noch sorgfältig einen blühenden Strauch darauf, klopft die Erde fest und betrachtet sein Werk. Er zupft noch ein paar Pflanzen rundherum zurecht. Sieht aus, als wollte er auf jeden Fall vermeiden, dass die Stelle auffällt.

Dann, mit einem letzten Blick herüber, schließt er alle drei Schlösser am Schuppen ab und verschwindet im Haus.

Ich schätze, jetzt wird der gewitzte Ermittler hier auf dem Baum erst mal eine Bestandsaufnahme machen müssen, bevor der nächste Schritt geplant werden kann.

Am besten, ich stärke mich erst mal mit der Portion Dosenfutter, die beim Frühstück nicht so recht schmecken wollte.

Aber als ich gerade vom Baum hinunterklettern will, blitzt

in meinem Augenwinkel etwas auf. Kurz ist zwischen Mauer und Hecke etwas Weißes zu sehen. Ich halte inne und schaue genauer hin.

Doch ich kann nichts mehr erkennen. Vielleicht habe ich mich auch getäuscht.

10. Kapitel – Kalle

Oh Mann! Das war vielleicht ne Nacht! Ich hab von unserer Ermittlung geträumt. Aufregend, wow! Ich meine, wir wissen ja jetzt, dass der Verdächtige X, also Lorentz, echt Dreck am Stecken hat da kann es sich doch nur noch um Stunden handeln, bis wir den Fall gelöst haben.

Ich werd verrückt! Ich, Kalle, bin als Assistent dabei, während der weltgrößte Ermittler der umliegenden Gärten, also Kasimir, ein Verbrechen aufklärt! Kein Wunder, dass ich davon geträumt habe. Und dass ich im Traum vor Aufregung vielleicht ein bisschen geknurrt oder gebellt habe. Irgendwann, mitten in der dunklen Nacht, stand nämlich Mads an meinem Körbchen. Nur in Boxershorts hockte er sich vor mich hin und rüttelte mich ein bisschen.

»Kalle! Hey, Kalle! Aufwachen! Du meine Güte, man könnte ja meinen, ihr erlebt hier tagsüber echte Krimis!«

»Wasn los?«, brummelte ich. Aber er war schon wieder auf dem Weg ins Bett, aus dem Linna murmelte: »Danke! Bei dem Gewinsel kann doch kein Mensch schlafen.«

Peinliche Nummer irgendwie. Aber für seine Träume kann doch keiner was, oder? Ich jedenfalls nicht. Obwohl der nächste Traum schon eher nach meinem Geschmack war. Denn mit einem Mal erschien plötzlich so ein irre hübsches braunes Gesicht mit großen braunen Augen, die mich so hammermäßig ansahen.

Amanda, du bist einfach ne Wucht!, wollte ich ihr so gern sagen. Doch meine Schnauze war wie zugeklebt. Vielleicht war sie auch nur mit Laub und Erde verschmiert.

Jedenfalls bin ich dann mit nem Schnarcher aufgewacht und konnt nicht mehr einpennen.

Also bin ich in die Küche getapert und habe nachgeguckt, ob sich mein Napf zufällig schon gefüllt hatte. Dann bin ich ins Wohnzimmer und aufs Sofa gesprungen, um von dort aus dem Fenster zu sehen. Aber weil es mitten in der Nacht war, war da natürlich weit und breit niemand zu sehen. Erst recht nicht die wunderschönste Dobermannhündin der Welt.

Ich hab versucht einen Plan zu schmieden, wie ich sie auf mich aufmerksam machen könnte. Ihr einfach etwas Freches zurufen? Hey, Süße! Wie wärs mit uns zweien? Nee, nee, nee! Oder ein Gedicht vortragen? Mein Herz, voller Schmerz, himmelwärts! Neee, auch nicht! Oder irgendwas Verrücktes machen, wenn sie vorbeigeht? Vielleicht n Kusselkopp?

Über all diese Gedanken sind mir dann die Augen zugefallen, und irgendwann muss ich eingeschlafen sein … um nun von einer schrillen Stimme geweckt zu werden: »Kaallle! Runter vom Sofa!!!«

Ich reiße die Augen auf.

Linna steht in der Tür, noch in einem von ihren Schlabber-T-Shirts, die sie nachts trägt, die Haare wirr um den Kopf und mit ungeschminkten Augen.

Auch Mads Gesicht erscheint neben ihrem.

»Kalle!«, brummt er nur.

Ich gähne herzhaft und stelle mich kurz hin, um mich zu strecken.

Ist nicht so, dass ich nicht ab und zu aufs Sofa darf. Aber ich stell gerade fest, dass ich im Schlaf … also, wie soll ich sagen? … Ich schein irgendwie von der Decke gerutscht zu sein, die extra für mich in einer Sofaecke liegt.

Als ich vom Sofa springe, ist Linna schon bei mir. Aber

nicht, um mir wie sonst freundlich Guten Morgen zu sagen, sondern um mit entsetztem Gesichtsausdruck das Sofa anzustarren.

»Oh nein! Ausgerechnet heute!«, jammert sie.

Kasimir, der auch plötzlich auftaucht, springt aus dem Stand auf die Lehne und betrachtet meine Schlafkuhle in den Polstern.

»Scheint so, als würdest du ein bisschen unter Haarausfall leiden«, stellt er fest.

Junge, Junge, Tatsache. Als ich jetzt auf die besagte Stelle starre, fällt mir auf, dass der helle Bezug genau dort ziemlich dunkel aussieht.

»Muss der ganze Stress sein«, sage ich verlegen, während Mads auch noch hinzukommt und die Haare mit der Hand vom Stoff zu wischen versucht.

»Nicht!«, meckert Linna sofort. »Ich mach das gleich mit der Fusselbürste. Du reibst doch den ganzen Dreck in den Stoff.«

Sie saust los und ist gleich wieder zurück mit irgend so einem Ding am Griff, das sie über die Stelle rollt.

»Cool!«, sage ich. »Da bleiben ja alle Haare dran kleben. Kannst du damit auch mal über meinen Rücken rollen, Linna? Guck mal, genau hier, da juckt es immer so. Vielleicht sind das lockere Haare?«

Doch Linna beachtet mich nicht, sondern kümmert sich nur um das Sofa.

»Das musst du doch nicht jetzt machen«, sagt Mads, der etwas hilflos danebensteht. »Ist doch noch massig Zeit. Wir können erst in Ruhe frühstücken.«

Linna hört kurz auf und sieht zu ihm hoch.

»Männer«, brummt sie dann und macht weiter.

»Hm?«, macht Mads.

»Wir haben nicht mehr massig Zeit!«, erklärt Linna ihm. »Deine Eltern kommen um zwei, und bis dahin müssen wir noch saugen, das Bad machen, die Gläser polieren, den Tisch decken …«

Mads lächelt sie beruhigend an. »Hey, hey, sie kommen doch, um dich kennenzulernen. Nicht um die Wohnung zu kaufen.«

Linna seufzt. »Ich sags ja: Männer! Schließlich muss ich mich auch noch um mich selbst kümmern. Haare waschen. Make-up. Überlegen, was ich anziehen soll … Mögen deine Eltern es eher elegant und schlicht oder lieber etwas extravagant und flippig?«

»Ähm …«, sagt Mads.

Linna macht wieder eine kleine Pause und sieht ihn genervt an. »Mach du doch schon mal Frühstück, ja?«

Mads schiebt ab, wahrscheinlich froh, etwas tun zu können.

»Au Mann! Das wird ja spannend heute!«, sage ich zu Kasimir, der immer noch auf der Sofalehne sitzt, mal wieder nachdenklich aussieht und nicht antwortet. »Hey, alte Grübelbacke!«, mache ich einen kleinen Witz. »Was haste denn?«

»Ich kombiniere«, antwortet er nun.

Ich bin echt baff. Was der Kasimir alles kann!

»Ich kombiniere, dass heute Wochenende ist«, fährt er dann fort.

»Echt jetzt? Wochenende? Woran merkst du das?«, will ich sofort wissen. Ich kann nämlich nix spüren. Wenn ich ehrlich bin, fühlt es sich an wie … jeden Tag.

Aber Kasimir weiß voll Bescheid. »Erstens: Meine liebe Linna und Mads haben nicht vor, eilig das Haus zu verlassen. Zweitens: Linna will die Wohnung putzen. Drittens: Wir bekommen mitten am Tag Besuch.«

»Jau! Richtig! Mann, wir haben Wochenende! Und ich hab das noch gar nicht gemerkt.« Ich mach eine kleine Pause. »Aber sach ma, Kasimir, wieso ist das wichtig?«

Kasimir schleckt sich ein paarmal über die Pfote und streicht sich damit über den Kopf. Seine Haare liegen echt immer perfekt.

»Triefauge hat gesagt, dass der Deal am übernächsten Wochenende über die Bühne gehen soll. Richtig?«

»Wenn du das sagst, Boss«, erwidere ich.

»Und wenn heute das erste Wochenende ist … dann ist das nächste nicht mehr ganz so weit«, erklärt Kasimir.

»Aaaah!«, mache ich. Ist echt der klügste Kater, den ich kenne, der Kasimir. Das Kombinieren macht ihm so leicht keiner nach.

Und es geht auch schon weiter: »Wir haben also nicht mehr viel Zeit, um die Beweise sicherzustellen. Wir müssen rausfinden, was Lorentz in dem Blumenbeet vergraben hat. Wenn wir das wissen, wissen wir auch, was die Bande vorhat.«

Jetzt fällt bei mir der Groschen! »Scheibenkleister! Stimmt!«, rufe ich. »Au Mann. Und jetzt? Wollen wir gleich rübergehen und gucken, ob wir das vergrabene Geheimnis lüften können?«

Kasimir schüttelt den Kopf. »Das geht nicht, während Linna und Mads hier sind. Wenn sie es mitbekommen, ist die ganze Ermittlung gefährdet.«

»Aber was sollen wir denn stattdessen machen?«, frage ich besorgt.

»Nach dem Frühstück beziehe ich Position auf dem Fliederbusch. Vielleicht gelingt es mir, noch weitere Indizien zu sammeln.« Indizien. Keine Ahnung, was das ist, klingt aber total professionell. »Und du? Hm. Du tust am besten ganz unauffällig«, rät er mir.

»Unauffällig, Boss?« Ich überlege kurz. »Wie wäre es, wenn ich mich irgendwo hinlege und schlafe?«

»Sehr guter Plan!«, meint Kasimir, und ich bin ziemlich stolz, weil mir das eingefallen ist.

Ich glaub, Unauffällig tun kann ich echt gut.

Nach dem Frühstück wird es in der Wohnung ungemütlich. Linna wuselt mit dem Staubsauger herum, schickt Mads mit Mülltüten raus, wedelt mit einem Tuch über alle Regale, schickt Mads zum Einkaufen, breitet über dem Tisch eine strahlend weiße Decke aus ... und, und, und.

Keine gute Stimmung für ein Schläfchen. Ich quetsche mich also durch die Katzenmopsklappe und laufe zum Fliederbusch hinüber, auf dem Kasimir schon Position bezogen hat und obbe..., osse..., omperiert.

»Wie ist die Lage?«, wispere ich zu ihm rauf.

»Alles unauffällig«, zischelt Kasimir zurück. »Lorentz ist im Schuppen. Ab und zu sind die üblichen Geräusche zu hören. Sonst ist alles ruhig.«

»Was ist mit dem Sofakissen auf vier Beinen?«

»Negativ.«

»Okay, dann fang ich auch mal an«, sage ich und suche mir in der Nähe ein schattiges Plätzchen, das sich für ein Nickerchen eignet.

Während ich meiner heutigen Aufgabe nachgehe, fliegt die Zeit echt nur so hin. Und ehe ich michs versehe, höre ich drinnen die Türglocke.

Natürlich weiß ich, was sich gehört, und will gleich reinflitzen. Aber Kasimir ist ein bisschen schneller an der Klappe als ich. Und so stolpere ich nach ihm in den Flur, als Mads gerade die Tür öffnet.

»Hi!«, sagt er und umarmt erst eine kleine ältere Frau und dann den ähnlich alten Mann. »Kommt rein!«

Sie bleiben einen Moment im Flur stehen, und es gibt ein kleines Gerangel um die Jacken und darum, wer was an die Garderobe hängen darf.

Dann tritt Linna zu ihnen, streckt die Hand aus und schüttelt die der älteren Frau. »Hallo, Frau Kemper, ich freu mich ja so, Sie kennenzulernen!« Dazu lächelt sie ganz breit.

Frau Kemper lächelt auch. Aber schmaler. Und sie sagt: »Na, wir wollten uns doch auch mal ansehen, wo Mads denn jetzt so wohnt.«

»Dorothe!«, dröhnt da der ältere Mann. »Nun beleg die

junge Frau mal nicht so mit Beschlag. Tag auch, Rudi Kemper. Hier, die Blümchen sind für Sie, Linna. Hoffe, sie gefallen. Und natürlich sind wir nicht nur wegen der Wohnung hier.« Dazu lacht er schallend.

Linna nimmt die Blumen entgegen und lacht auch, aber es klingt irgendwie nicht so wie sonst.

Mads, der nach ziemlich viel Aufregung riecht, knetet seine Hände und sagt: »Jetzt steht doch nicht alle im Flur rum. Kommt doch rein.«

»Ich stell nur schnell die Blumen in die Vase«, flötet Linna und verschwindet in der Küche.

Mads führt seine Eltern ins Wohnzimmer.

»Ach, da ist ja auch der Ralle«, sagt Herr Kemper und streckt mir ein bisschen seine Hand entgegen. »Na, Kleiner, kennste mich noch?«

»Kalle«, sagt Mads.

»Hm?«

»Er heißt Kalle. Nicht Ralle.«

»Ach ja ...«

Mir wird ein bisschen der Kopf getätschelt, und ich halte brav still, obwohl es sich nicht wie Kraulen anfühlt, sondern eher nach bäng, bäng, bäng.

»So groß wie die Wohnung, die du mit Nicole hattest, ist die hier aber nicht, oder?«, flüstert Frau Kemper Mads zu. Der guckt hektisch zur Küchentür und sagt: »Mama!« Und dann: »Doch, sind sogar zwanzig Quadratmeter mehr und dazu der schöne große Garten.«

»Zwanzig Quadratmeter?!«, wiederholt Frau Kemper und sieht sich mit hochgezogenen Brauen um. »Na, ist vielleicht schlecht geschnitten.«

Endlich lässt Herr Kemper von mir ab, und ich setze mich lieber schnell ins Körbchen, bevor vielleicht Frau Kemper auch noch auf die Idee kommt, bäng, bäng, bäng zu machen.

»Das sind also Mads Eltern«, sage ich zu Kasimir, der sich

auf die Sofalehne duckt und sie nicht aus den Augen lässt. »Ist das nicht megahammercool, dass er weiß, wer sie sind? Und dass sie ihn besuchen kommen und so? Fänd ich voll krass, wenn hier plötzlich meine Eltern vor der Tür ständen. So nach dem Motto: Hi, Kalle! Wir wollten mal schauen, wo du jetzt so wohnst! Ha! Ich hab bloß keinen Schimmer, wer mein Papa ist. An meine Mama hab ich nur son paar Erinnerungen. Kuschelig war die. Und lieb. Und sie hatte ne riesige Zunge. Hey, weißt du was? Ich glaube, sie hat uns auch mit der Zunge geputzt so, wie du das immer bei dir selbst machst. Hatte noch zwei Brüder und ne Schwester. Und du?«

Doch Kasimir antwortet nicht, sondern lässt Herr und Frau Kemper null aus den Augen.

»Die sind doch nett, oder? Also, ich find sie voll nett!«, sage ich. Sind ja schließlich auch Mads Eltern.

Diesmal hat Kasimir zugehört. »Mir scheint, du findest alle Zweibeiner wahnsinnig nett«, murrt er.

»Tatsächlich?«, sage ich und bin einen Moment lang verwirrt. Doch dann wird mir selbst klar: »Das liegt daran, dass ich einfach viele waaahnsinnig nette Zweibeiner treffe. Sie sind alle so freundlich zu mir! Wieso magst du Mads Eltern nicht?«

»Sie mögen Linna nicht«, antwortet Kasimir. Und das kann er wohl überhaupt nicht leiden, denn er knurrt dabei sogar ein bisschen.

»Oh, eine Katze«, sagt Frau Kemper in dem Moment und beguckt Kasimir mit so einem komischen Gesichtsausdruck. Fast so, wie Linna heute Morgen geguckt hat, als sie meine Haare auf dem Sofa entdeckt hat.

»Ja, das ist Kasimir«, sagt Linna stolz, die gerade aus der Küche zurückkommt. Auf Kasimir kann man auch stolz sein, finde ich. Ich finds auch cool, dass er mein bester Freund ist.

»Die sollen ja unheimlich … reinlich sein«, sagt Frau Kemper und wirft einen Blick auf das Sofa.

»Sind sie wirklich!«, antwortet Linna und zieht ein Kissen zurecht, sodass es noch mehr über der Stelle liegt, wo ich heute Nacht geschlafen habe.

»Hm«, macht Frau Kemper.

Mads Papa schnuppert in Richtung Küche. »Riechen tut es jedenfalls schon sehr gut. Dazu fällt mir ein: Meine Frau ist ja ein bisschen pingelig mit Haustieren und so. Aber ich persönlich hab nichts gegen Tiere. Manche mag ich sogar ausgesprochen gern nur gut durch müssen sie sein!«, dröhnt er.

Linna erstarrt. Und Mads, der ein bisschen mitgelacht hat, sagt: »Wo du es gerade erwähnst, Papa Linna ist Vegetarierin. Deswegen gibt es heute ja auch Thailändisch, ganz ohne Fleisch.«

»Sagen Sie bloß!« Herr Kemper sieht Linna noch einmal ganz genau an. »Na, dann verstehe ich, wieso Sie so wenig auf den Rippen haben.«

Wieder lacht er.

Ich sach ma so: Ich bin auch nicht wahnsinnig gut im Witzeerzählen, aber über die von Herrn Kemper will wohl keiner so richtig lachen.

»Wollen wir vielleicht vor dem Essen einen kleinen Gang durch den Garten machen?«, schlägt Mads schnell vor.

Und wir gehen alle raus auf den Rasen und gucken uns die Blumen und Sträucher an. Linna und Frau Kemper unterhalten sich ziemlich lange über die Farben in Linnas Blumenbeeten. Und Mads quetscht seinen Vater darüber aus, wie man einen Kirschbaum am besten beschneidet was auch immer das bedeuten mag.

Kasimir schleicht an der Grundstücksgrenze mit den großen bunten Sträuchern auf und ab. Hier sind wir in letzter Zeit echt selten gewesen, denn der Garten vom verdächtigen Lorentz liegt genau auf der anderen Seite.

Ich trabe zu ihm rüber. »Was machst du denn hier so allein? Willst du nicht mit uns zusammen den Garten angucken?«, sage ich zu ihm.

Kasimir wirft Mads Eltern einen Blick zu, der irgendwie … ich sach ma … kühl wirkt.

»Den Garten kenne ich wie meine Schnurrhaare«, erwidert er. »Aber hast du schon mal daran gedacht, was passiert, wenn sie weiter so an den Beeten entlanglaufen und sich alles ganz genau ansehen?«

Ich denke scharf nach. Aber nach ein paar Sekunden kann ich es nicht mehr aushalten. Kasimir macht es aber auch immer so spannend!

»Was passiert denn dann, Kasimir?«, will ich wissen.

»Sie werden deinen Tunnel unter dem Zaun entdecken«, brummt er. »Und das würde das Aus für die Sicherstellung der Beweise bedeuten. Denn natürlich werden sie das Eingangsloch verschließen und darauf achten, dass du nicht noch einmal eins buddeln kannst. Du wirst also nicht mehr mit rüberkönnen. Ich allein kann aber nicht so tief graben, wie Lorentz die Sachen versteckt hat. Aus die Maus.«

»Verflixt! Du hast mal wieder recht! Gut, dass du so ein kluger Kater bist, Kasimir! Komm, das müssen wir verhindern!«, rufe ich und will schon losrennen.

Doch Kasimir schüttelt warnend den Kopf.

»Auf keinen Fall! Wir dürfen sie unter keinen Umständen auch noch auf die Seite da drüben aufmerksam machen. Deswegen halte ich mich schon die ganze Zeit hier auf. Aber das scheint sie nicht davon abzuhalten, immer weiter an den Beeten langzugehen.«

Wir gucken beide zu den vieren rüber.

»Meine Fresse!«, hauche ich. »Was machen wir denn bloß? Wir müssen sie irgendwie ablenken, oder? Wir müssen irgendwas machen, damit sie lieber zu uns hersehen und nicht weiter am Zaun langgehen. Aber was? Oh Mann, was können wir nur machen?«

Kasimir sieht mich wieder auf diese Art an. Sieht aus, als wäre ihm eine Idee gekommen, die ihm aber irgendwie nicht gefällt. Schließlich atmet er tief ein und aus und sagt: »Lass uns spielen!«

Ich starre ihn an. Um ehrlich zu sein, glaub ich, mein Maul steht ein bisschen offen.

»Spielen?«, wiederhole ich.

»Richtig«, knurrt Kasimir. »Dieses alberne Fangen-Spiel.«

»Echt jetzt? Du willst echt, dass wir Fangen spielen? Ich renn vorweg und du hinter mir her und so?«

»Genau so«, brummt Kasimir.

»Geil!«, entfährt es mir, und sofort gebe ich Gas.

Ich flitze über den Rasen Richtung Mads und Herrn Kemper und schlage einen Haken um sie. Dann gehts wieder zurück zur anderen Seite. Als ich an Kasimir vorbeikomme, faucht er einmal kurz, und schon spüre ich ihn an meinen Fersen.

Wir rennen hierhin und dahin nur niemals zu der Stelle am Zaun, wo ich meinen coolen Tunnel zur anderen Seite gebuddelt habe.

Eine kurze Weile scheint das tatsächlich zu funktionieren. Linna, Mads und seine Eltern gucken uns zu. Mads und Linna lachen, und es klingt zum ersten Mal heute so, wie sie eben immer klingen, wenn sie miteinander lachen.

Mads Papa lacht mit und dröhnt dabei wie Linnas schicke neue Kaffeemaschine. Nur Mads Mama steht da und verzieht den Mund nur zu einem feinen, schmalen Bogen. Sie ist es auch, die sich als Erste wieder wegdreht und weiter die Blumen in den Beeten betrachtet. So als wären die echt interessanter als ein kluger Kater, der einen schlauen Mops jagt.

Und dann hört auch Mads Papa auf zu lachen und zeigt der Mama irgendwas an einem Strauch.

Im Vorbeirennen kann ich sehen, dass Linna und Mads beide Gesichter machen, als wollten sie uns lieber weiter zugucken. Aber dann drehen sie sich um, und im Nullkommanix sind alle vier Zweibeiner wieder ein paar Meter weiter an den Beeten entlanggelaufen.

Als ich einen weiteren Haken schlage, merke ich, dass Kasimir gar nicht mehr hinter mir ist.

Er sitzt wieder am anderen Ende vom Grundstück, und ich trabe zu ihm rüber. Die Zunge hängt mir volles Brett aus dem Hals.

»Krass!«, keuche ich. »Fangen spielen macht voll Spaß!«

Auch Kasimir atmet schwer. Aber er hechelt nicht wie ich.

Und ich seh ihm an, dass er auf Hochtouren grübelt.

»Wirkt bloß nicht mehr, oder?«, setze ich hinzu.

Wir gucken beide zu der Zweibeinertruppe rüber, die wahrscheinlich in ein paar Minuten an meinem supertollen Tunnel vorbeikommt.

Kasimir richtet sich plötzlich zu seiner vollen Größe auf.

»Also gut«, sagt er, echt wild entschlossen. »Jag mich!«

Diesmal ist meine Klappe vom Hecheln sowieso schon offen. Aber ich kanns echt nicht fassen.

»Ich?«, sage ich. »Ich soll dich jagen? Im Ernst?«

Kasimir nickt. »Und es muss echt aussehen.«

»Wie jetzt?«

»Du musst knurren und die Zähne fletschen. Als wolltest du mir wirklich etwas tun.«

»Aber, Kasimir …«, sage ich kläglich. »Ich glaub, dafür bin ich einfach nicht … Ich sach ma so, ich glaub, ich bin da nicht der Typ für.«

Wieder gehen Mads, Linna und ihr Besuch ein paar Schritte weiter.

»Willst du nun mein Assistent sein, ja oder nein?«, faucht Kasimir.

Schluck! »Klar will ich das.« Ich gucke wie gebannt rüber zu unseren Zweibeinern. Dann steht mein Entschluss fest. »Okay. Hopp oder topp! Leg los!«

Und das macht er dann auch. Und wie!

Kasimir lässt ein Kreischen los, das mir echt in den Ohren schellt. Und wahrscheinlich nicht nur mir. Denn sofort schauen sie alle zu uns her. Dann rast Kasimir los, quer durch den Garten, mit gesträubtem Fell und buschigem Schwanz, der hinter ihm herweht. Und ich? Nix wie hinterher!

Viel Luft bleibt mir nicht mehr, aber ich knurre und belle, so gut ich kann. Und als ich an Frau Kemper vorbeischieße, ganz dicht hinter Kasimir, lasse ich meine Zähne kurz aufeinander schnappen.

Sie quietscht auf: »Der will die Katze fressen!«

Herr Kemper lacht einmal kurz, hört aber sofort wieder auf.

Linna kreischt: »Mads, tu doch was!«

Und Mads brüllt: »Kalle! Was ist in dich gefahren?!«

Kasimir dreht eine halsbrecherische Kurve durch den Garten, noch eine Schleife um die Zweibeiner. Mads versucht mich zu schnappen, verpasst mich aber. Und dann saust Kasimir Richtung Terrasse und verschwindet scheppernd durch die Klappe. Ich zwänge mich ebenfalls hindurch und folge ihm in den Flur, wo er unter dem Schuhschrank liegt.

»Cool!«, keuche ich. »Das haben sie uns voll abgenommen!«

Kasimir funkelt mich aus dem Dunkeln unter der Kommode an. »Hat sich auch sehr echt angefühlt«, antwortet er.

Ich lege mich auf den Bauch und spähe in sein Versteck. »War aber doch gar nicht so gemeint, Boss. Du hast es doch selbst …«

In dem Augenblick fliegt die Terrassentür auf, und mehrere Zweibeinerfüße trampeln herein.

»Wo sind sie?«, ist Linna mit ziemlich hoher Stimme zu hören.

Mads kommt in den Flur geschossen und sieht mich hier liegen und unter den Schuhschrank glotzen.

»Kalle!«, donnert er und stürzt sich auf mich. Er weist mit der Hand zum Wohnzimmer. »Ab hier! Aber schnell!«

»Mensch, Mads!«, sage ich. »Das war doch gar nicht echt.

Der Kasimir und ich, wir sind doch die besten Kumpel und …«
Ach, ich gebs auf.

»Kalle, in dein Körbchen!«, donnert Mads. Linna segelt neben ihm auf die Knie und linst unter die Kommode.

»Da ist er ja … Gott sei Dank«, seufzt sie. »Kasimir, komm ruhig raus, mein Kleiner. Na, kooomm, komm, komm! Ist alles okay. Wir passen auf dich auf. Musst dich nicht da verstecken.«

»Miiiau?!«, macht Kasimir.

»Ach, mein Schmusebär«, schluchzt Linna.

Mads dreht sich um und guckt mich total sauer an. Alles klar, hab schon verstanden. Ich zockele mal besser ab ins Körbchen.

Mads Mama und Papa stehen wie zwei ausgesetzte Hamster im Wohnzimmer und wissen offenbar nicht, was sie tun sollen.

Diese Frau Kemper … Also, vorhin fand ich sie noch voll nett. Aber jetzt guckt die mich so an, als ob ich gleich auf sie losgehen würde. Vielleicht hat sie sich deswegen so ein bisschen hinter Herrn Kemper geschoben?

Nach ein paar Minuten kommen Mads und Linna aus dem Flur. Linna trägt Kasimir auf dem Arm.

»Normalerweise verstehen die Jungs … ich meine, die beiden Tiere sich prima. Keine Ahnung, was gerade los war«, sagt Mads zu seinen Eltern. »Vorsichtshalber behalten wir sie wohl besser im Blick. Bleiben wir also hier drinnen, ja?«

»Na klar, Sohnemann!«, sagt Herr Kemper mit dröhnender Stimme. »Wir wollen doch nicht, dass es an so einem schönen Tag noch Tote zu beklagen gibt!«

Linna schaut ihn entsetzt an.

Frau Kemper wirft noch einen Blick hinaus in den Garten. Dann sagt sie: »Natürlich, wie ihr wollt. Für mich, mit meiner jahrzehntelangen Gärtnerinnen-Erfahrung, gibts ja sowieso nichts Neues zu sehen. Falls ich Ihnen aber mal mit Rat und Tat zur Seite stehen kann …?« Dabei guckt sie Linna an.

Linna lächelt, nicht so schön wie sonst immer, eher ein bisschen steif.

»Na dann … kümmere ich mich mal ums Essen, würde ich sagen«, sagt Mads, klatscht in die Hände und verschwindet in der Küche.

Linna bleibt, mit Kasimir auf dem Arm, bei seinen Eltern zurück.

»Hübsche Wohnung, wirklich hübsch!«, poltert Herr Kemper, während er sich wieder umsieht. Und Frau Kemper sagt: »Wo kann ich mir denn mal die Nase pudern?«

ne ganze Weile später ist mir klar, dass so ein Besuch von Eltern mächtig anstrengend ist. Ich stell mir vor, ich müsste meinen Papa überall rumführen, während er die ganze Zeit so irre laut lacht, und meine Mama fände mein Körbchen zu klein und das Essen zu wenig gesalzen. Mannomann, nee, da ist es mir echt lieber, ich weiß gar nicht, wo die zwei sich gerade rumtreiben. Denn eigentlich, geht mir auf, während der Nachmittag sich echt zäh hinzieht, eigentlich ist es doch genau so absolut cool: Mads, Linna, Kasimir und ich. Mehr braucht ein glücklicher Mops echt nicht. Na ja, vielleicht noch eine schicke Dobermannhündin, die ab und zu mal am Gartenzaun vorbeigeht.

Weil ich mich sowieso nicht aus dem Körbchen rühren darf, weil Mads nicht möchte, dass ich Kasimir noch mal so zusetze, tue ich das Beste, was ich in dieser Lage tun kann: Ich träume von Amanda, der hübschesten Dobermannhündin überhaupt. Und ich sach ma so, dabei vergeht die Zeit dann doch fix.

Als die Zweibeiner gegessen haben, wollen sie zum Kaffeetrinken in die Sofaecke wechseln, und es gibt ein kleines Gerangel, weil Linna und Frau Kemper gleichzeitig an dem großen Kissen ziehen, das auf der Stelle liegt, wo ich letzte Nacht gepennt habe. Linna gewinnt, weil sie sich einfach aufs Kissen draufsetzt. Und Frau Kemper macht ein Gesicht, als hätte sie auf ein Stück Zitrone gebissen. Im nächsten Moment redet sie aber wieder über unglaublich langweiliges Zeugs so langweilig, dass ich mich frage, wie Linna und Mads es überhaupt schaffen, da die ganze Zeit zuzuhören.

Kasimir, der neben Linna auf der Sofalehne liegt, döst vor sich hin. Bestimmt hat er sich den Elternbesuch interessanter vorgestellt. Auch wenn so was natürlich nie und nimmer an unseren Ermittlungsjob ranreichen könnte.

»Na, dann machen wir uns doch mal auf den Weg heim, was, Dorothe?«, grölt Herr Kemper schließlich aus seinem Sessel und stellt die Kaffeetasse scheppernd auf den Couchtisch.

»Wie? Jetzt schon?«, antwortet Mads. Aber er klingt etwas schwächlich.

»Ja, wir wollen euch nicht zu lange zur Last fallen«, sagt Frau Kemper und streicht ihren Rock über den Knien glatt. »Aber sag doch noch kurz, Mads: Geht es Nicole denn inzwischen wieder besser? Sie war furchtbar erkältet, als ich das letzte Mal mit ihr telefoniert habe.«

Für ein paar Sekunden ist es so still im Raum, dass man nix hört außer meinen Atem denn ehrlich gesagt, schnaufe ich manchmal ein bisschen.

Es ist supermegastill. Noch stiller, als es wäre, wenn überhaupt niemand hier wäre. Hätt nie gedacht, dass das geht.

Das mit den Blicken kapier ich auch nicht so ganz. Linna guckt nämlich Mads an. Aber Mads scheint das gar nicht zu merken. Eher im Gegenteil. Er wirkt so, als wollte er auf keinen Fall zurückgucken.

Irgendwann räuspert er sich und sagt: »Tja, ich … ich nehme es an.«

Frau Kemper zieht die schmalen, aufgemalten Striche hoch, die über ihren Augen sitzen. »Was soll das heißen, du nimmst es an?«, wiederholt sie. »Arbeitet sie denn nun wieder oder nicht?«

Wieder ist es einen Moment lang still. Doch dann hört Linna auf, Mads anzustarren, sondern fragt Frau Kemper: »Woher soll Mads das denn wissen?«

Frau Kemper sieht Mads an. Der sieht seinen Papa an. Und der springt vom Sessel auf.

»Schätze mal, jetzt wird es wirklich langsam Zeit«, donnert er. »Kommst du, Dorothe?«

Doch Frau Kemper, die zwischen Mads und Linna hin- und herschaut, sieht zum ersten Mal an diesem Nachmittag aus, als bekäme sie richtig gute Laune.

»Ja, wissen Sie denn nicht, dass Mads und Nicole in derselben Abteilung arbeiten?«, fragt sie.

»Ups!«, macht Kasimir. Offenbar hat er die letzten Sätze auch mitbekommen, denn er beobachtet jetzt interessiert das Geschehen.

Linna sieht Mads an. Mads sieht sie an. Seine Augen, die immer von so sympathischen kleinen Fältchen umgeben sind, wenn er lacht, sind plötzlich riesengroß.

Mit einem Ruck dreht Linna sich wieder zu Frau Kemper und wedelt mit der Hand vor ihrem Gesicht rum: »Ach, natürlich. Sicher hat Mads das erwähnt. Wo bin ich nur mit meinen Gedanken.«

Frau Kemper und sie lächeln sich an. Aber wieso muss ich dabei eher an Kasimir denken, wenn er so komisch ohne Ton faucht?

»Dorothe?«, sagt Herr Kemper, ausnahmsweise etwas leiser als sonst, und hält ihr seine Hand hin. Sie nimmt sie, und er hilft ihr aus dem Sessel.

Danach wird nicht mehr allzu viel gesprochen. Mads verspricht, bald mal wieder vorbeizukommen. Herr Kemper sagt noch mal, wie schön die Wohnung ist. Und Frau Kemper bedankt sich für das Essen.

Ein letztes Winken, dann fällt die Tür hinter den beiden Gästen ins Schloss.

Einen Moment lang ist es wieder still. Mads und Linna

kommen zurück ins Wohnzimmer. Mads steckt seine Hände in die Hosentaschen und sieht Linna mit einem schiefen Lächeln an. Aber bei ihrem Anblick wird er gleich wieder ernst.

»Oh, oh«, macht Kasimir. »Den Blick kenn ich. Jetzt kann er sich auf was gefasst machen!«

Und er hat mal wieder recht.

»Dieselbe Abteilung?«, sagt Linna. Diesmal klingt sie definitiv wie eine supersaure Katze. »Wieso hast du mir das nicht gesagt?«

Mads nimmt die Hände wieder aus den Taschen und fängt an, sie zu kneten.

»Ich … ich weiß auch nicht, Linna. Mir war doch klar, dass das ein sensibles Thema ist. Und ich dachte, es wäre besser, dir das eine oder andere eher nach und nach zu erzählen. Wenn du nicht mehr …« Er bricht ab und weiß offenbar nicht weiter.

»Ja? Ich höre!«, schnappt Linna.

»Wenn du nicht mehr so …« Wieder fällt ihm nichts ein.

»Überempfindlich bist?«, schlägt Linna vor.

Mads räuspert sich. »Das hast du jetzt gesagt.«

»Aber du meinst es doch so, oder?«, hakt Linna nach. »Du findest, ich bin überempfindlich, was deine Exfreundin angeht. Du findet, ich sollte einfach mal locker sein, oder?«

»Na ja, ehrlich gesagt … Es würde bestimmt einiges vereinfachen«, sagt Mads vorsichtig.

»Vereinfachen? Für wen? Für dich? Damit du nicht son schlechtes Gewissen hast, wenn du Tag für Tag mit deiner Ex Schreibtisch an Schreibtisch sitzt und abends bei mir dann einen auf große Lovestory machst?!«

»Ich sitz nicht Schreibtisch an Schreibtisch mit Nicole!«, brummt Mads und sieht jetzt langsam auch sauer aus.

»Ach nein? Willst du etwa sagen, dass ihr zwar in derselben Abteilung arbeitet, euch aber nicht jeden Tag seht?«, regt Linna sich weiter auf.

Au Mann! Kasimirs Kopf und meiner fliegen hin und her

wie bei einem von diesen Ballspielen im Fernsehen, die Mads so gerne guckt.

»Ja, genau das will ich sagen!«, antwortet Mads. »Unsere Abteilung umfasst zwei Stockwerke. Und wenn wir zu unterschiedlichen Zeiten in die Kantine gehen, kann es durchaus mal passieren, dass wir uns eine ganze Woche lang nicht sehen.«

Linnas Augen werden schmal wie Schlitze. Au Mann, jetzt kapier ich, was Kasimir gerade gemeint hat.

»Kantine?«, zischt sie. »Kantiiine? Heißt das etwa, dass ihr manchmal zusammen essen geht?«

Mads verändert seine Gesichtsfarbe. Genau wie damals im Tierheim. Er ist so ein cooler Typ. Das könnte ich wirklich nie. »Nicht so, wie wir zwei zusammen essen, Linna. Es kann nur vorkommen, dass man mit einer ganzen Truppe gemeinsam in die Mittagspause geht und dann zufällig am selben Tisch …«

»Aaaah!«, kreischt Linna und stampft mit dem Fuß auf den Boden.

»Huch«, mache ich und schiebe mich ein bisschen tiefer ins Körbchen. »Wie kann man sich denn wegen so was so doll aufregen?«

»Wegen so was?«, wiederholt Kasimir. »So, wie du das sagst, klingt das wie eine Lappalie.«

»Also mal ehrlich …«, sage ich, während Linna im Hintergrund loslegt wie eine von diesen Sirenen, die manchmal mit blinkenden Lichtern die Straße langdonnern. »Was ist denn dabei, wenn Mads ab und zu mit dieser Nicole zu Mittag isst? Er hat doch gerade gesagt, da ist nix dabei. Und Essen ist doch wichtig!«

Kasimir schaut für einen Moment von der Sofalehne auf mich herab und schnaubt dann. »Was bist du doch für ein schlichtes Gemüt!«

»Wie jetzt? Erst sagst du, ich bin ein schlauer Mops. Und plötzlich bin ich ein schlichtes Gemüt? Weiß nicht genau, was das heißt, aber ich glaub, alles andere als schlau«, knurre ich.

Ich bin nicht schnell sauer. Aber ich kanns nicht haben, wenn jemand ungerecht behandelt wird. Und gerade behandelt Linna meinen Mads so was von ungerecht, das riecht doch hundert Meter gegen den Wind. Und dann fängt Kasimir auch noch an, mich zu triezen.

»Wenn du ein schlauer Mops bist, dann ist der Große Weiße wirklich nur ein Sofakissen«, grollt Kasimir. »Du dummer. Schwarzer. Dicker. Klops!«

»Boah, Kasimir, ich hab echt nicht gewusst, wie gemein du sein kannst!«, blaffe ich ihn an.

»Mir scheint, du weißt so einiges nicht!«, zürnt Kasimir.

»Jetzt reichts aber!«, rufe ich.

»Jetzt reichts aber!«, ruft Mads.

Dann höre ich, wie er meine Leine vom Haken nimmt. »Kalle, komm! Wir machen einen Spaziergang.«

Ich spring aus dem Körbchen und flitze zu ihm in den Flur. Mads steht schon halb in der Tür.

»Jaaa!«, kreischt Linna uns nach. »Mach du nur einen schönen, laaangen Spaziergang! Vielleicht kannst du dir währenddessen überlegen, auf welchem Wege du erwachsen werden und Verantwortung übernehmen kannst. Ehrlichkeit gehört nämlich auch dazu, wenn man eine richtige Beziehung führen will!«

Klack!

Mads hat die Tür hinter uns zugeschmissen.

11. Kapitel – Kasimir

Im Grunde kommt mir dieser dumme Streit doch ganz gelegen.

Auch wenn Linna es nicht laut ausspricht – ich kann spüren, dass sie darüber nachdenkt, wie ruhig und harmonisch das Leben mit mir allein doch war.

Keine nervigen Elternbesuche. Kein lügender Mads. Kein katzenjagender Mops.

Am nächsten Morgen ist es sehr still in der Wohnung. Linna und Mads machen zwar ihre üblichen eiligen Handgriffe, was mir sagt, dass das Wochenende wohl vorüber ist. Aber sie sprechen dabei nicht.

Kalle spricht übrigens auch nicht.

Der schwarze Klops ist tatsächlich eingeschnappt. Ich vermute mal, weil ich ihm gestern so deutlich meine Meinung über seine fehlende Intelligenz gesagt habe. Daher verputzt er kommentarlos sein Frühstück und verzieht sich dann wieder in sein Körbchen.

Mads geht zu ihm und streichelt ihn. Etwas besorgt sieht er aus, wie er da hockt und Kalle betrachtet, der den Kopf auf die Pfoten gelegt hat. Kurz schaut Mads zu Linna hinüber, die in der Küche mit ihrer Tasse klappert. Aber dann sagt er doch nichts.

Ihr Tschüss fällt heute ziemlich spröde aus, obwohl sie sich dabei einen Kuss geben.

Dann ist Mads verschwunden.

Und nachdem Linna ein bisschen geweint und danach ihre Gesichtsbemalung erneuert hat, verlässt auch sie das Haus.

Ich warte, bis ich ihr Auto wegfahren höre, dann erhebe ich mich von meiner Sofalehne und strecke mich.

»Ausgezeichnetes Wetter zum Ermitteln«, sage ich.

Doch Kalle reagiert nicht.

Ich fahre fort: »Wenn die Erde trocken ist, wird sie nur so fliegen beim Buddeln.«

Kalle steht im Körbchen auf. Na endlich!

Dann dreht er sich um und lässt sich, mit dem Rücken zu mir, wieder nieder.

Aha! Offenbar denkt er nicht daran, mir heute bei den weiteren Ermittlungen im Nachbargarten zu helfen.

Na gut. Von mir aus. Im Grunde bin ich sowieso eher ein einsamer Detektiv, der den Rätseln ganz allein auf die Spur kommt.

Ich springe also vom Sofa, laufe mit federndem Schritt zur Katzenklappe und schlüpfe hindurch. Das Wetter ist wirklich ideal. Trocken, aber nicht zu heiß.

Mal sehen, was Lorentz drüben so treibt.

Elegant erklettere ich den Fliederbusch und beziehe Position auf meinem Stammast.

Im Garten nebenan ist alles ruhig. Auch aus dem Schuppen ist nichts Verdächtiges zu hören.

Vielleicht ist Lorentz heute gar nicht zu Hause? Vielleicht hat ihn dieses zweibeinerübliche Verhalten gepackt, und er musste einfach mal raus aus seinem Territorium?

Verflixt! Ausgerechnet heute muss Kalle so empfindlich tun! Das wären doch ideale Bedingungen, um die Beweise sicherzustellen.

Nach einer Weile höre ich die Katzenmopsklappe. Aus dem Augenwinkel kann ich sehen, wie das schwarze Etwas über die Terrasse läuft.

Bestimmt kommt er jetzt angekrochen und will wieder mitmachen bei meinen Ermittlungen. Da muss ich aber mal schwer überlegen, ob ich erlaube, dass er …

Doch Kalle kommt gar nicht zu meinem Fliederbaum herüber. Das Loch unter dem Zaun lässt er auch links liegen. Stattdessen zockelt er nach vorn Richtung Straße, wo er seine knautschige Nase zwischen die Zaunlatten quetscht, um hindurchzusehen.

Was, um Himmels willen …?

Aber dann wird mir klar, was er da treibt. Er sitzt am Zaun und glotzt durch die Spalten, weil er hofft, dass diese Amanda vorbeikommt.

Ach, herrje. So ein albernes Verhalten bestärkt mich noch in meiner Meinung, dass er nicht nur schlicht, sondern sogar dumm ist. Wie kann er nur auf die Idee kommen, diese ungemein große, extrem schlanke und – das muss ich zugeben – wirklich gefährlich wirkende Hündin könnte ihm auch nur einen zweiten Blick zuwerfen? Pfff!

Ich werde mich definitiv nie verlieben! Dieser Entschluss steht fest. Umso mehr, als doch mal wieder klar geworden ist, welche Idioten die Liebe selbst aus sonst annehmbaren Kreaturen macht. Mads und Linna zum Beispiel. Meine liebe Linna war nach dem Streit mit Mads so schlecht gelaunt, dass selbst mein lautestes, gemütlichstes Schnurren sie gestern Abend nicht zum Lächeln bringen konnte. Und Mads, ein waschechter Polizist, lügt diese wunderbare Zweibeinerin an und will seine Vertuschungsversuche anschließend auch noch rechtfertigen. Nein, also wirklich. Das ist nichts für mich.

Davon abgesehen, haben alle wirklich großen Ermittler keine Liebesbeziehung. Hercule Poirot. Sherlock Holmes. Kalle Blomquist. Keiner von ihnen lässt sich durch die Querelen einer Liebelei von seiner wahren Aufgabe ablenken.

Genau wie ich.

Denn ich weiß, wo meine Pflicht liegt. Und genau deswegen

fasse ich nun einen wichtigen Entschluss: Ich werde Lorentz und seine krummen Machenschaften anhand der vergrabenen Beweise überführen – und zwar allein!

Wozu brauche ich schon die Unterstützung von einem minderbemittelten, schlecht riechenden, beleidigten schwarzen Mops?

Also tue ich es! Kurz entschlossen springe ich über den Zaun in den Nachbargarten und schleiche in der Deckung der Rabatten zu dem Beet hinüber, in dem Lorentz das Beweismaterial vergraben hat.

Ja, hier muss es sein. Die frisch aufgewühlte Erde riecht ganz anders als der Boden drumherum.

Einen Moment setze ich mich und betrachte die Stelle ganz genau.

Vielleicht gibt es einen Hinweis darauf, wo das Material am leichtesten freizulegen ist? Für meine weichen Katzenpfoten ist es nämlich nicht einfach, so tief zu graben.

Ich probiere eine Stelle aus. Zuerst scheint es gut zu klappen, doch dann stoße ich auf festeren, schweren Lehmboden.

Ich versuche eine andere Stelle. Und da höre ich hinter mir ein Rascheln. Aha! Wusste ich es doch, dass seine Neugierde ihn früher oder später zu mir treibt. Hat Kalle es sich also doch anders überlegt!

Wie nebenbei schaue ich auf. Doch halb verborgen unter den dunkelgrünen Blättern steht kein schwarzer, pummeliger Mops, sondern eine Erscheinung in beißendem Weiß.

»Scheint eine schlechte Angewohnheit zu werden«, sagt der Große Weiße, »in fremden Revieren herumzuschleichen.«

Ich erstarre.

»Was suchst du hier, kleiner Kasimir?«, will er wissen.

Ich habe eigentlich gedacht, seine übliche Lässigkeit wäre schon irgendwie … gruselig. Aber heute wirkt er anders als sonst. Angespannter. Zu allem entschlossen. Und wirklich, wirklich wütend.

»Ich wollte nur …, du weißt schon, mein Geschäft …«, versuche ich ihn auf die falsche Spur zu locken. Doch er durchschaut es sofort und knurrt so tief, dass sich mir automatisch alle Haare aufstellen.

»Inzwischen solltest du wissen, dass der Große Weiße es nicht duldet, wenn du ihn anlügst!«, faucht er.

Und ganz ohne dass ich etwas dagegen tun kann, fauche ich zurück. Ein hohes, schrilles Murren entringt sich meiner Kehle.

Und schon stürzt der Große Weiße auf mich zu.

Weil ich ihn kommen sehe, tue ich das einzig Sinnvolle: Im letzten Augenblick springe ich zur Seite, sodass sein erster Ansturm an mir vorüberbrandet. Doch obwohl er so riesig ist, ist er dennoch gewandt und schnellt herum, um wieder auf mich zuzustürmen.

Wir fauchen und knurren und umkreisen uns mit gesträubtem Fell und gewaltigen Buckeln. Weil er mir seine ausgefahrenen, messerscharfen Krallen zeigt, lasse ich mich auch nicht bitten. Auch wenn meine Pfote gegen seine viel zu klein aussieht. Zu klein und zu schwach, um gegen so ein Monstrum wie ihn siegen zu können. Doch für die Flucht über den Zaun ist es nun zu spät …

»Hey, Sofakissen, wie geht's so?«, ertönt da plötzlich eine wohlbekannte quäkige Stimme.

Der Große Weiße fährt herum.

Kalle steht am Zaun, direkt am Tunnelausgang, und wedelt mit dem Schwanz. Natürlich weiß ich inzwischen, dass das bei ihm eine grundsätzlich freundliche Geste ist. Aber der Große Weiße weiß es offenbar nicht. Denn sofort peitscht auch sein Schwanz noch mehr über den staubigen Boden.

»Sieh an! Sieh an! Da ist dein kleiner Freund«, knurrt er. »Komm ruhig näher, du Winzling! Für den Großen Weißen ist es kein Problem, es mit zweien gleichzeitig aufzunehmen. Das macht die Sache erst interessant für ihn.«

»Ich muss dich aber warnen«, sagt Kalle. »Ich kann Give-me-five!« Und im selben Augenblick setzt er sich auf seinen dicken Hintern und reißt beide Pfoten in die Höhe.

Der Große Weiße hält irritiert inne.

»Da bist du platt, was?«, ruft Kalle. »Und was sagst du dazu?« Er zuckt wie irre mit den Ohren.

Kaum zu glauben, aber der Große Weiße weicht einen winzigen Schritt zurück. Wenn unsereins mit den Ohren zuckt, dann ist mit ihm gerade nicht gut Mäuse essen.

»Sach ma, ich hab von meinen Hundekollegen gehört, dass Katzen auch gar nicht so übel schmecken sollen«, pfeffert Kalle hinterher. »Und ich bin gerade echt ziiiemlich hungrig. Oooaahh! Guck mal, wie huuungrig ich bin!« Dazu stiert er den Großen Weißen an, als wollte er ihn auf der Stelle verspeisen.

Der knurrt leise. Doch ich kann ihm deutlich ansehen, dass sich in seiner Haltung etwas geändert hat. Er sieht nicht mehr so aus, als käme für ihn heute nur Angriff infrage. Eher sieht er so aus, als wäre er vorsichtshalber auch jederzeit fluchtbereit.

Ob Kalle das auch bemerkt hat, kann ich nicht sagen. Aber er tut das einzig Richtige und lässt den Großen Weißen gar nicht erst nachdenken, ob denn so ein kleiner Mops überhaupt in der Lage wäre, ein Stück von ihm zu probieren.

Statt den Großen Weißen weiterhin mit hungrigen Augen anzustarren, steckt Kalle den Kopf zwischen die o-förmigen Hinterbeine und rollt ihm entgegen.

Ich kann es nicht fassen – aber der Große Weiße weicht zurück, hebt eine Vorderpfote und faucht.

»Ahaaa!«, trompetet Kalle. »Du weißt also, wie gefährlich meine Kusselköppe sind, ja?!« Und er tut es noch mal. Und noch mal. Und noch mal.

Mit jedem Mal weicht der Große Weiße weiter in die Rabatten zurück.

Doch dann kommt dieser eine kritische Moment, in dem ihm wahrscheinlich klar wird, dass Kalle ihn mit seinen Purzelbäumen schlimmstenfalls überrollen könnte. Dieser Moment, in dem er einfach stehen bleibt und abwartet, während Kalle noch mal eine Vorwärtsrolle auf ihn zumacht und genau vor dem Großen Weißen landet.

Nur Zentimeter sind sie voneinander entfernt.

Der Große Weiße zuckt mit den Ohren. Sein Schwanz peitscht durch die Pflanzen hinter ihm.

Jetzt ist es aus, denke ich. Das schafft Kalle nicht, den riesigen Kerl mit seinen blöden Kunststückchen weiter einzuschüchtern.

Ich glaube, Kalle kapiert das auch. Denn er steht wie erstarrt und wagt weder mit den Ohren zu zucken noch hungrig zu gucken. Er schwankt nur ein bisschen.

Doch als sich die Augen des Großen Weißen bereits verengen, weil er kurz vorm Zuschlagen ist, tut Kalle etwas, das man nie und nimmer tun darf, wenn der Feind direkt vor einem steht: Er dreht sich komplett um und zeigt dem Großen Weißen seine Kehrseite.

»Oh suuuper!«, ruft er und wedelt wie wild, während er Richtung Zaun guckt. »Da kommen ja unsere Zweibeiner!«

Der Große Weiße zuckt zusammen, wirft sich herum und ist im Bruchteil einer Sekunde im Dickicht des Gartens verschwunden.

12. Kapitel – Kalle

»Na los! Rückzug!«, höre ich Kasimir hinter mir rufen. Mit ein, zwei großen Sprüngen ist er bei mir und stupst mich ein paarmal kräftig mit der Nase Richtung Zauntunnel.

Ich taumele darauf zu.

»Boah, ist mir schlecht«, bringe ich nur raus. Im Ernst, ich glaube, ich hab noch nie so viele Kusselköppe hintereinander gemacht.

Kasimir schubst mich regelrecht in das Eingangsloch und krabbelt sogar selbst hinterher. Auf der anderen Seite lassen wir uns beide erst mal ins Gras fallen.

Da liege ich also und keuche und röchle. Und langsam hört die Welt auf, sich um mich zu drehen.

Irgendwann beruhigt sich auch mein Magen. Puh, ich hatte schon Angst, ich müsste mein Frühstück wieder hergeben.

Als ich mich aufsetze, fällt mir auf, dass Kasimir mich wohl die ganze Zeit angestarrt hat.

»Was'n?«, will ich wissen.

»Du …«, beginnt er und weiß dann offenbar nicht weiter.

»Du hast den Großen Weißen angegriffen!«, sagt er schließlich.

»Quatsch«, sage ich. »Waren doch nur ein paar Tricks, die Willi und Elsbeth mir beigebracht haben. Und weißte, was? Hätt selbst nie gedacht, dass das klappen würde!«

»Du hast nicht gedacht, dass es funktioniert?«, wiederholt Kasimir.

»Nö. Sind doch nur so Kunststückchen. War sensationell, dass das Sofakissen echt Schiss bekommen hat, oder?«

»Du hast nicht gedacht, dass es funktioniert und hast es trotzdem versucht, weil … weil …?«

»Na, weil du doch in der Klemme gesteckt hast, Boss«, erkläre ich ihm. »Hab ich schließlich bis vorn zur Straße gehört, euer Gefauche.«

Kasimir sieht mich ganz komisch an.

»Opa Schulze hat immer gesagt: Alles, was man lernt, kann einem irgendwann mal nützlich sein«, erzähle ich ihm. »Früher hab ich mich gefragt, was er damit wohl meint. Schätze mal, jetzt hab ich's kapiert.«

Wir sitzen beide da und sehen uns an. Kasimir immer noch mit diesem komischen Ausdruck in den Augen.

»Und jetzt?«, frage ich. »Ich mein, gehen wir wieder rüber und buddeln das Zeug aus?«

»Du machst mit?«, fragt Kasimir zurück.

»Klaro«, sage ich. »Da vorn an der Straße … Also, ich sach ma so: Es kommt irgendwie niemand Interessantes vorbei.«

Sofort reckt Kasimir den Kopf und sagt: »Ich klettere schnell auf den Baum und sehe nach, ob die Luft rein ist!«

Das ist mein Boss!

Aber während ich unter dem Baum warte, brummt er leise zu mir runter: »Negativ! Lorentz ist im Garten erschienen.«

»Ach, menno!«, maule ich. »Was macht er denn?«

»Er …« Kasimir blinzelt durch die Zweige. »Er kommt vom Haus und geht den Weg entlang zum Schuppen. Und … und jetzt hat er die platt gewalzten Blumen in den Rabatten entdeckt.«

Platt gewalzte Blumen? Was meint er damit?

»Verflixt! Er sieht sich das Ganze genauer an«, zischelt Kasimir. »Oh nein! Jetzt hat er die Stelle entdeckt, an der ich gegraben habe!«

Ich flitze zu meinem Astloch im Zaun. Tatsache! Lorentz

schiebt mit dem Schuh die Erde wieder zurück. Und dann tritt er sie ordentlich fest.

Anschließend ist er 'ne ganze Weile damit beschäftigt, die Blumen und Blätter rundherum wieder aufzurichten und zurechtzuzupfen.

Als er zufrieden ist, steht er 'n Moment lang da und glotzt hierhin und dahin. Auch zu uns guckt er rüber. Ich kann sehen, wie Kasimir sich da oben so eng wie möglich auf den Ast presst.

Dann schließt Lorentz die ganzen Schlösser zum Schuppen auf und verschwindet darin.

Kasimir springt mit einem PLUNK! vom Baum herunter.

»Wir können nicht graben, wenn er im Schuppen ist. Zu gefährlich«, sagt er. »Wenn er nur einen einzigen Blick rauswirft, entdeckt er uns sofort, und wir fliegen auf.«

»Wie wäre es stattdessen mit einem kleinen Nickerchen?«, schlage ich vor und gähne. »Bin irgendwie total erschossen.«

Leider hat Lorentz wohl auch kapiert, dass das nächste Wochenende nicht mehr weit entfernt ist, denn er kommt den ganzen Tag nicht mehr aus dem Schuppen raus.

Der arme Kasimir schiebt Stündchen um Stündchen Wache auf dem unbequemen Ast und kommt gar nicht dazu, sein Fell zu putzen.

Das fällt am Abend auch Linna auf. Sie streicht Kasimir über den Kopf und betrachtet ihn genau.

»Wie war dein Tag?«, fragt Mads sie und schiebt auf dem Couchtisch ein paar leckere Häppchen zurecht, die er in der Küche vorbereitet hat. Linna hat allerdings noch nix davon angerührt. So 'ne Schande!

»Ganz okay«, sagt Linna. »Und deiner?«

Mads zuckt mit den Achseln. »Auch ganz okay.«

Linna beäugt immer noch Kasimir ganz genau. Aber aus dem Augenwinkel wirft sie auch Mads einen Blick zu.

»Bedeutet ganz okay, dass du Nicole in der Kantine oder sonst wo getroffen hast? Oder nicht?«

Mads seufzt. »Wir haben uns heute nicht gesehen. Aber das ist doch sowieso vollkommen unwichtig. Das einzig Wichtige ist doch, dass du und ich … dass wir uns wieder vertragen. Wir sollten uns einfach mal aussprechen.«

»Aussprechen?«, schnappt Linna. »Worüber denn?«

»Na, wie es zu dieser vertrackten Situation kommen konnte«, sagt Mads. »Glaub mir, ich hab den ganzen Tag darüber nachgedacht, wie ich es dir am besten erklären könnte. Dass Nicole mir wirklich nichts mehr bedeutet. Und dass ich dir nur deshalb nichts von der Arbeitssituation erzählt habe, weil ich befürchten musste, dass du dich viel zu sehr beunruhigst, wenn du es weißt – vollkommen grundlos beunruhigst.«

Eine kurze Zeit ist es still im Raum.

Linna streicht weiterhin über Kasimirs Fell.

»Was mich viel mehr interessiert als die Tatsache, dass du mit deiner Exfreundin zusammen arbeitest und es mir bisher nicht gesagt hast …«, beginnt sie dann – und macht dazu ein Gesicht wie eine von den Spitzmäusen, die Kasimir manchmal anschleppt –, »ist die Frage, ob wir Kasimir und Kalle wirklich noch miteinander allein lassen können.«

Kasimir hebt alarmiert den Kopf.

»Ähm … wie meinst du das denn, Linna?«, frage ich. Natürlich vergeblich.

Aber Mads ist auf Zack. »Wieso denkst du, das geht nicht mehr?«, fragt er.

Linna wiegt den Kopf und betrachtet abwechselnd Kasimir und mich.

»Irgendwas ist zwischen den beiden, das kann ich deutlich spüren. Und Kasimir sieht heute so zerzaust aus. Vielleicht hat Kalle ihn wieder gejagt?«

Ich sage: »Mensch, Linna, das war doch nur Spaß … Ach, verdammt, du verstehst mich ja nicht.«

Mads, der offenbar sehr bemüht ist, Linna zu gefallen, sagt: »Wir könnten sie für die nächste Zeit trennen. Kasimir darf morgens in den Garten. Und dann blockieren wir die Klappe, sodass Kalle nicht rauskann?«

Linnas Spitzmausgesicht mustert mich ausführlich. »Hätte ich Kalle echt nicht zugetraut«, sagt sie dann. Und sieht dann Mads an. »Ich dachte immer, er wäre so ein ganz ehrlicher, offener Typ. Dem man in jeder Hinsicht vertrauen kann.«

Mads schluckt laut. Man kann's sogar an seinem Hals sehen.

»Linna, ich …«, beginnt er.

»Nein!« Sie hebt eine Hand. »Versuch besser nicht, es mir zu erklären. Du würdest es wahrscheinlich nur noch schlimmer machen.«

Also schließt Mads den Mund wieder und sieht ziemlich bedröppelt aus.

»Ich bin raus«, sage ich zu Kasimir. »Worum geht's da jetzt gerade? Doch nicht mehr um mich, oder?«

Doch Kasimir guckt mal wieder extrem nachdenklich drein. Immer hat er was zu überlegen. Wie er das nur macht!?

»Das könnte ein ernsthaftes Problem werden«, murmelt er.

Ha! Ich weiß sofort, was er meint: Wenn Linna und Mads es wirklich so machen, dass Kasimir draußen ist und ich drinnen bin, haben wir ein Problem. Nix mehr mit gemeinsamer Ermittlung!

»Wir müssen ihnen so bald wie möglich deutlich machen, dass wir keine Feinde sind«, stellt Kasimir fest.

Mir ist das irgendwie alles zu viel.

Erst ist Kasimir voll gemein zu mir und sagt mir, dass ich dick und – noch schlimmer! – dumm bin. Dann der Kampf mit dem fetten Sofakissen. Dann diese endlose Warterei den ganzen Tag. Dann das Gezanke von Mads und Linna.

»Mann, ich bin echt erledigt!«, sage ich und kuschele mich in die eine Ecke von meinem gemütlichen Körbchen. »Ich mach erst mal ein Nickerchen. Danach kann man auch viel besser denken.«

Ich gähne so weit, wie mein Kiefer es mitmacht. Und dann schließe ich die Augen.

Kasimir antwortet nicht.

Aber ich kann hören, wie er leise von der Sofalehne springt und über den Parkettboden näher kommt.

Dann spüre ich, wie sich mein Körbchen ein bisschen bewegt.

Ich öffne ein Auge und sehe jede Menge rot-weißes Fell.

»Was machst'n du?«, murmele ich.

Kasimir dreht sich ein paarmal im Kreis, wie ich es auch immer mache, und dann legt er sich in die andere Ecke vom Körbchen.

Das ist schon ziemlich nah dran. Aber wenn ich jetzt noch ein Stückchen rutsche …

»Nicht berühren!«, knurrt Kasimir.

»Ach, sei doch nicht so«, sage ich. »Ist doch supergemütlich so. Guck mal, du kannst deinen Kopf auf meinen Rücken legen. Wenn schon, denn schon, oder?«

Kasimir seufzt. Und legt seinen Kopf auf meinen Rücken.

»Linna«, flüstert Mads da. »Linna, guck mal!«

Durch mein eines halb geöffnetes Auge kann ich erkennen, wie er und Linna uns anstarren.

»Wie süüüß«, flüstert Linna, plötzlich gar nicht mehr kühl.

»Meinst du, sie wollen uns was sagen?«, fragt Mads leise. »Ich meine, es sieht ganz so aus, als würde Kasimir Kalle zeigen wollen, dass er ihm verzeiht. Vielleicht weiß er, dass Kalle es nicht böse gemeint hat.«

Beide sehen sie zu uns her, und ihre Gesichter sind ganz weich und lieb. Ach, mein Mads! Und meine Linna! Und mein Kasimir!

»Auf alle Fälle müssen wir sie tagsüber wohl doch nicht trennen«, stellt Mads erleichtert fest.

»Sicher nicht«, stimmt Linna ihm zu. »Wer so süß zusammen im Körbchen liegt, der kann bestimmt auch mal eine kleine Auseinandersetzung aushalten.«

Damit dreht sie sich um und guckt Mads an. Und er guckt sie an. Bis sie irgendwann die Hand hebt und an seine Wange legt.

»Ach, Mads!«, flüstert sie.

»Linna«, wispert er.

»Ganzer Einsatz, Boss«, nuschele ich, bevor ich endgültig wegdöse. »Hat funktioniert.«

13. Kapitel – Kasimir

Nachdem Mads und Linna gestern Abend im Schlafzimmer verschwunden sind, hat sich die Stimmung hier komplett verändert.

Mads singt unter der Dusche, und Linna lächelt die ganze Zeit, während sie den Frühstückstisch deckt. Ausgesprochen angenehm, muss ich sagen. Auch wenn ich mich ein wenig wundere, welche enormen Folgen es haben kann, wenn ein Kater sich zu einem Mops ins Körbchen legt.

Als Mads dann aus dem Bad kommt, muss ich zweimal hinschauen. Kalle bleibt gleich die Klappe offen stehen. Denn Mads trägt eine blaue Polizeiuniform!

Und ich muss sagen: Dieses Ding mit den Knöpfen und dem steifen Kragen steht Mads wirklich gut.

»Wow!«, macht Linna und mustert ihn von Kopf bis Fuß. »Was ist denn jetzt los? Ich hab dich noch nie in Uniform gesehen.«

»Tja, ist 'ne Weile her, dass ich die tragen musste«, sagt Mads und klopft sich auf den flachen Bauch. »Beruhigend, dass sie noch passt. Unser Chef wird doch heute verabschiedet. Da tauchen wir alle im Einheitsdress auf.«

»Du siehst … toll aus!«, gurrt Linna, während sie ihn stolz betrachtet. »Musstest du die tragen, als du noch in der anderen Abteilung warst?«

»Oh nein«, sagt Mads lachend. Wirft aber noch einen kleinen Seitenblick in den Spiegel. »Wenn ich als Ermittler in Uniform aufgetaucht wäre, wäre es schnell vorbei gewesen mit der Untersuchung. Nein, nein, die stammt noch aus der Ausbildungszeit – als ich noch auf den Straßen unterwegs war.«

»Diese Ermittlersache – hat die dir keinen Spaß gemacht?«, will Linna wissen, als sie am Frühstückstisch sitzen. »Ich meine … War das nicht spannender, als Akten zu wälzen?« Rasch setzt sie hinzu: »Nicht, dass Physiotherapie viel aufregender wäre. Aber …«

»Schon gut!« Mads winkt ab. »Hast ja recht. Natürlich ist Büro langweilig. Aber damals … also …« Er bricht ab und wirft ihr einen zögernden Blick zu. »Weißt du, es passieren manchmal Dinge im Dienst, über die man nicht so leicht sprechen kann.«

Linna öffnet den Mund. Doch dann schließt sie ihn wieder und lächelt ihn aufmunternd an.

»Ich verstehe«, sagt sie warm. »Vielleicht kannst du es mir ja irgendwann später erzählen. Wichtig ist doch nur, dass du deine Gründe hattest.«

»Ja«, sagt Mads schnell und sieht sehr erleichtert aus. »Ja, das stimmt. Ich hatte meine Gründe.«

Die beiden lächeln sich an. Dann schütten sie noch dieses widerliche dunkle Gebräu hinunter und sind schon zur Tür hinaus.

»Auf geht's!«, ruft Kalle und saust zur Katzenmopsklappe.

Aber leider werden seine Freude und meine Entschlossenheit gleich wieder gedämpft.

Lorentz werkelt nämlich den ganzen Morgen in seinem Schuppen herum. Und den Geräuschen zufolge, ist er wirklich sehr beschäftigt, um den Deal durchziehen zu können.

Erst um die Mittagszeit schiebt er den Riegel zurück, verschließt die Tür sorgfältig von außen und verschwindet durch die Gartentür zur Straße.

Das ist die Gelegenheit!

»Kalle! Er ist weg!«, zische ich von meinem Beobachtungsposten hinunter.

»Hä? Was? Wie?« Der Kerl hat doch tatsächlich geschlafen.

»Operation Beweissicherstellung kann losgehen!«, rufe ich ihm zu und setze über den Zaun.

Ich bin bereits am Beet angekommen, als ich das Schieben und Scharren höre, mit dem Kalle sich unter dem Zaun durchquält.

»Uuuuaaahh!«, gähnt er. »Ausgerechnet jetzt ist mir grad gar nicht nach Buddeln.«

»Reiß dich zusammen!«, rüffele ich ihn. »Der Assistent eines erfolgreichen Ermittlers muss jederzeit bereit sein für detektivischen Spürsinn und …«

»Und?« Kalle streckt sich, erst nach vorne, dann nach hinten.

»Und körperliche Arbeit«, schließe ich.

»Echt jetzt? Jederzeit?«, murmelt Kalle.

»Ich habe dich schließlich nicht gebeten mitzumachen«, sage ich. »Du wolltest ja unbedingt bei diesem Fall dabei sein.«

»Ja, ja. Ich mach ja schooon …« Er trottet zum Beet und beschnüffelt die Erde ausführlich. »Ist jedenfalls nix zu essen drin.«

Ich sehe ihn an.

Er murmelt etwas, das wie »Jetzt guckt er schon wieder so …« klingt und tapst mit der Pfote prüfend auf die Erde.

Hier und dort macht er das. Dann entscheidet er sich für eine Stelle, und nachdem er auch dort seine platte Nase in die Erde gesteckt und tief eingesogen hat, bringt er sich in Position und beginnt zu graben.

Die Erdbrocken fliegen nur so. Und in beeindruckend kurzer Zeit hat Kalle ein Loch gebuddelt, das ungefähr so tief ist wie sein Tunnel unter dem Zaun.

Japsend hält er inne und setzt sich auf seinen Hintern. Die erdverkrusteten Pfoten weit von sich gestreckt, ringt er um Luft.

»Kann … japs, japs … noch 'n bisschen … hechel, hechel … dauern.«

»Du bist nicht gerade in Bestform«, brumme ich. Aber dann betrachte ich das Loch, das er bisher gegraben hat, und muss mir selbst eingestehen, dass ich das mit meinen zarten Katzenpfoten wohl nicht geschafft hätte. »Na, dann hol erst mal Luft. Bringt ja nichts, wenn du hier gleich umkippst.«

»Danke … Boss«, röchelt Kalle mit heraushängender Zunge.

Als wir so sitzen und Kalles Atem sich langsam beruhigt, höre ich plötzlich ein Geräusch, mit dem ich nicht gerechnet habe.

Kalle hat es auch gehört. Seine Ohren drehen sich in Richtung Straße.

»Linnas Auto!«, stellt er verwundert fest. »Jetzt schon?«

»Ab und zu kommt es vor, dass Termine ausfallen. Einmal war sie sogar schon mittags wieder zu Hause«, erkläre ich ihm.

»Och nööö!«, stöhnt er. »Heißt das, wir müssen jetzt aufhören? Wo ich doch grad wieder Luft kriege?«

Ich überlege rasch.

»Du bleibst hier und gräbst weiter!«, entscheide ich dann. »Ich sprinte rüber und lenke Linna ab.«

»Und wenn ich was finde?«, will Kalle mit großen Augen wissen.

»Dann bringst du es mit durch den Tunnel!« Ich drehe mich um und will schon zum Zaun rennen.

»Und wenn das Sofakissen auftaucht?«, fragt Kalle noch rasch.

»Dann machst du den Trick mit dem Bellen!«, beschließe ich. »Laut und anhaltend bellen. Der sogenannte Spezial-Alarmbeller. Den kannst du doch?«

Mit großen Augen nickt Kalle eifrig.

»Dann ist ja alles geklärt. Wenn sie dich hört, kommt Linna dir bestimmt zu Hilfe.«

Ich setze zum Zaun hinüber und springe hinauf.

»Und wenn der verdächtige Lorentz kommt?«, ruft Kalle mir nach.

»Dann musst du rennen!«, gebe ich zurück und springe in unseren Garten.

Keine Sekunde zu früh schlüpfe ich durch die Klappe. Denn Linna kommt mir schon durchs Wohnzimmer entgegen.

»Da bist du ja, mein Schätzchen«, säuselte sie und bückt sich, um mich zu streicheln. »Ist Kalle noch draußen?« Sie wirft einen Blick aus dem Fenster. Dann öffnet sie die Tür. Ich stelle mich ihr in den Weg, aber sie ruft nur hinaus: »Kaaallleee!«

Ich streiche ihr schnurrend um die Beine. Sie lacht leise.

»Macht bestimmt irgendwo ein Päuschen, was? Meine Güte, ist das aber auch warm heute.«

Damit geht sie in die Küche und mischt sich in einem großen Glas ein Getränk aus Wasser und gelbem Saft.

Auf einem der Küchenstühle sitzend, schaut sie wieder zur Tür. »Kaaallleee!«, ruft sie noch einmal. Ihre Miene drückt leichte Besorgnis aus.

Verflixt! Wenn mir jetzt nichts einfällt, wird sie gleich in den Garten hinausgehen und dort feststellen, dass der schwarze Mops nirgends zu finden ist. Dann ist es nur eine Frage der Zeit, dass sie über den Zaun sieht und Kalle beim Graben entdeckt.

Linna seufzt tief und legt schon die Hände auf die Tischplatte, um sich abzustützen und wieder aufzustehen – da mache ich einen Satz und lande auf dem Tisch. Und nicht einfach auf dem Tisch, sondern direkt beim Glas mit dem gelben Getränk. Es kippt mit Schwung um, und die Flüssigkeit spritzt in alle Richtungen. Auch auf Linnas weiße Hose und ihr buntes T-Shirt.

»Ach, Kasimir!«, schimpft sie und springt rasch auf. Aber der Schaden ist bereits angerichtet.

»Oh nein! Die neue Hose!« Sie rennt ins Badezimmer, und ich kann hören, wie sie hektisch ihre Sachen abstreift. Dann rauscht Wasser im Waschbecken.

Ich achte darauf, beim Runterspringen nicht in der klebrigen Flüssigkeit zu landen, und laufe in den Flur Richtung Bad.

Da steht Linna in Unterhose und zieht ihre Hose durch das Wasser.

Kopfschüttelnd schaut sie zu mir. »Du bist doch sonst nicht so ungeschickt, Kleiner!«, brummelt sie.

»Mau?!«, mache ich.

Sie lächelt. »Ja, ist ja nicht so schlimm. Ich häng sie gleich auf.« Sie schaut in die mit nasser Wäsche gefüllte Waschmaschine und murmelt: »Die hätte Mads heute Morgen doch mal aufhängen können.«

Als sie mit dem Zustand ihrer weißen Hose zufrieden ist, zieht sie ihre bequemen Schlabbersachen an, nimmt einen Wäschekorb und holt die klamme Wäsche aus der Maschine. Obendrauf kommen die neue Hose und das T-Shirt, und dann will sie damit zur Wohnungstür hinaus.

Ich warte an der Tür auf sie.

»Willst du mit auf den Dachboden?«, fragt sie. Und sieht wieder zur Terrassentür. Für einen kurzen Moment fürchte ich, dass sie den Wäschekorb hinstellt und erst Kalle suchen geht. Aber dann schüttelt sie fast unmerklich den Kopf und öffnet die Wohnungstür. »Na, dann komm. Und danach schauen wir mal, wo Kalle eingeschlafen ist.«

Im kühlen Treppenhaus gehen wir an der Tür im ersten Stock vorbei und dann noch eine Treppe hinauf. Hier ist der Dachboden. Ein sauberer Raum, in dem Linna und Mads ihre nasse Wäsche zum Trocknen aufhängen.

Heute sind die aufgespannten Schnüre alle leer.

Linna greift sich den Korb mit den Klammern, und nach und nach füllen sich die Leinen mit ihren und Mads' Kleidungsstücken.

Normalerweise liebe ich es, währenddessen in allen Ecken herumzustreunen und hier und da zu schnuppern. Um nicht verdächtig zu sein, tue ich das heute auch – obwohl ich in Gedanken natürlich die ganze Zeit unten im Garten bin.

Wie Kalle wohl vorankommt? Die gestrige Begegnung mit dem Großen Weißen steckt mir, ehrlich gesagt, noch in den Knochen. Hoffentlich hat Kalle ihn so nachhaltig beeindruckt, dass er sich zumindest heute nicht blicken lässt.

Linna ist gerade bei den letzten beiden Socken, als wir durch das gekippte Fenster eine erboste Stimme hören: »Hey! Verdammt noch mal! Was soll das denn?« Und dann ertönt ein erschrockenes Bellen mit unverkennbar quäkendem Tonfall.

Linna und ich stürzen ans Fenster, und ich setze mit einem wohlberechneten Sprung aufs Fensterbrett.

Von hier oben ist zu sehen, wie Lorentz durch seinen Garten stürmt – und vor ihm ein schwarzes Etwas Reißaus zu nehmen versucht.

Kalle bellt und bellt, und in seinem vergeblichen Versuch, Alarm zu schlagen, verpasst er beim Vorbeirennen immer den Eingang zum Tunnel unter dem Zaun.

Lorentz ist ihm knapp auf den Fersen. Und dann, als Kalle nur für einen winzigen Moment innehält, weil er durch das Rennen im Kreis die Orientierung verloren hat, fängt Lorentz ihn!

Er packt ihn unsanft am Genick und schüttelt ihn.

»Autsch! Menno! Autsch!«, höre ich Kalle jaulen.

»Oh nein!«, haucht Linna neben mir.

Lorentz schimpft und meckert, aber nun nicht mehr lautstark, sondern so leise, dass es nur wie ein Murmeln bei uns hier oben ankommt.

Er hebt den strampelnden und winselnden Kalle an Nacken und Hintern hoch – das ist bestimmt schmerzhaft! – und trägt ihn zum Zaun hinüber. Er hebt Kalle darüber und lässt ihn auf der anderen Seite einfach fallen.

Für eine Katze wäre so ein Sprung natürlich kein Problem, aber Kalle schlägt ziemlich hart auf und brüllt: »Menno! Blödmann, ey!« Dann rappelt er sich auf und humpelt rasch Richtung Terrasse.

Lorentz schaut über den Zaun, ob Kalle auch wirklich zum Haus läuft.

Mit düsterem Blick verfolgt Lorentz, wie Kalle durch die Klappe verschwindet. Doch er dreht sich nicht sofort um und geht wieder in seinen verdächtigen Schuppen, sondern er steht noch eine ganze Weile da und starrt zu unserem Haus rüber.

Sieht so aus, als würde er jedes einzelne Fenster ganz genau mustern. Bis er irgendwann den Kopf hebt und zu uns hochschaut.

Linna tritt schnell zur Seite an die Wand. Aber ich bin leider nicht so fix wie üblich. Mich sieht der verdächtige Lorentz hier sitzen. Einen Moment lang sehen wir uns an, Auge in Auge. Ich tue so, als wäre nichts weiter. Ich bin schließlich nur ein eleganter Kater mit Niveau, der auf dem Fensterbrett sitzt und zufällig in den Garten schaut.

Aber Lorentz stiert mich auf so eine merkwürdige Art an, und für einen Moment bin ich sicher, dass er mich durchschaut hat. Da ist so ein Glitzern in seinem Blick. Das kenne ich aus den Krimis im Fernsehen. Dieses Glitzern taucht immer in den Augen der Täter auf, wenn sie kapiert haben, dass man ihnen auf der Spur ist. Es ist etwas zwischen Angst und dem eisernen Willen, die Entlarvung auf alle Fälle zu verhindern – selbst wenn sie dabei über Leichen gehen müssen.

14. Kapitel – Kalle

Das hat ja mal voll schlecht geklappt mit dem Alarmbeller.

Au Mann, hat das schlecht geklappt!

Ich weiß, ich weiß, Kasimir hat gesagt, beim Sofakissen soll ich den Spezial-Alarmbeller machen und bei Lorentz soll ich rennen.

Aber als der Verdächtige so plötzlich vor mir gestanden hat, hab ich's irgendwie durcheinandergebracht – und dann bin ich eben gerannt und hab dabei gebellt.

Hat aber beides so was von nix gebracht.

Er hat mich am Ende doch gekriegt, und … das tat voll weh!

Echt, ich dachte schon, mein letztes Stündlein hat geschlagen. Zack! Gepackt. Schüttel, schüttel. Über den Zaun. Peng! Autsch!

Als ich durch die Katzenmopsklappe komme, geht die Wohnungstür auf, und Kasimir kommt mit Linna reinspaziert.

»Boah, sag bloß, ihr wart gar nicht zu Hause!«, plärre ich Kasimir entgegen. »Ich hab den Megasuperspezial-Alarmbeller losgelassen, aber keiner ist gekommen! Du nicht. Und Linna auch nicht. Und …«

»Beruhige dich erst mal«, sagt Kasimir. »Wir waren auf dem Dachboden und haben vom Fenster aus alles gesehen.«

»Dachboden?«

»Ja, ich musste sie doch irgendwie ablenken. Sie hatte doch schon zweimal nach dir gerufen«, erklärt Kasimir.

Linna? Hat nach mir gerufen! Ach, Linna ...

»Kalle, mein Kleiner!«, ruft sie in dem Augenblick, als sie mich hier sitzen sieht. Sie stürzt zu mir und hebt jede meiner Pfoten an, um sie zu betasten.

»Ist noch alles dran«, sage ich zu ihr.

»Ist wohl noch alles dran, was, Kalle?«, sagt sie erleichtert.

»Sag ich doch«, antworte ich.

»Sie versteht dich nicht«, sagt Kasimir.

»Ach ja.«

Linna krault mir die Ohren. Hmmm. Das mag ich besonders gern.

»Was machst du denn auch für Sachen, hm? In fremden Gärten herumrennen und die Blumen kaputtmachen. Das macht man doch nicht. Wie kommst du denn nur auf so eine Idee?«

»Ach, das ist eine lange Geschichte ...«, sage ich. Aber bevor ich anfangen kann zu erzählen, ist ein Schlüssel im Schloss zu hören, und Mads steht in der Tür.

»Wow! Du bist ja auch schon hier!«, strahlt er. »Da haben wir ja einen geschenkten Nachmittag, wie es aussieht!«

Als er durchs Wohnzimmer zu uns kommt, fällt ihm wahrscheinlich auf, dass irgendwas nicht stimmt.

»Was ist denn los? Ist was mit Kalle?« Er kniet sich zu uns und tätschelt mir den Kopf.

Linna seufzt. »Er hatte einen etwas unsanften Zusammenstoß mit unserem neuen Nachbarn im Haus nebenan.«

»Zusammenstoß?«

Linna erzählt ihm, was sie und Kasimir vom Dachbodenfenster aus gesehen haben. So, wie sie es ausdrückt, klingt es, als hätte ich nicht mehr alle Latten am Zaun. Als ob ich – einfach aus Spaß! – die Nachbargärten unsicher machen und alle Blumenbeete durchwühlen würde wie ein Wildschwein.

Mads fällt es wohl auch auf, denn er sagt mit einem Lächeln: »Na, na, so schlimm wird es bestimmt nicht gewesen sein.«

»Diese Entscheidung sollten wir unserem Nachbarn überlassen«, antwortet Linna. »Er schien ziemlich sauer zu sein. Hoffentlich ist das nicht der Anfang einer kleinen Nachbarschaftsfehde. Vor so was hab ich echt Horror.«

Mads strafft seinen Rücken. »So weit muss das nun wirklich nicht kommen. Bevor da irgendetwas gären kann, gehe ich mal schnell mit Kalle rüber und entschuldige mich dafür.«

Linna starrt ihn mit einer Mischung aus Ängstlichkeit und Bewunderung an. »Das würdest du wirklich machen? Ich meine, das wäre echt toll. Herr Lorentz wohnt zwar noch nicht lange da, aber wir werden mit ihm wahrscheinlich noch eine Weile auskommen müssen.«

Mads tätschelt beruhigend ihren Arm. »Kein Problem. Ich kümmere mich drum. Vielleicht hat Kalle in den Blumenrabatten was kaputtgemacht. Dann werde ich es natürlich ersetzen. Ich geh jetzt direkt rüber.«

»Nur du? Ohne mich?«, fragt Linna und klingt so, als wäre ihr das eigentlich ganz recht.

»Er ist doch mein Hund!«, sagt Mads. Und damit hat er absolut recht. Denn Mads und ich gehören zusammen. Das wusste ich gleich, als er mich im Tierheim vor diesen schlecht gelaunten Dackeln gerettet hat.

»Willst du dich nicht wenigstens umziehen?«, lächelt Linna über seinen Eifer. Ach, stimmt ja! Mads trägt ja immer noch seine schicke Uniform.

»Ach was. Wer weiß, ob er noch lange zu Hause ist. Bringen wir es hinter uns, was, Kalle?«

Sieht so aus, als wäre die Sache entschieden.

Mads und ich gehen also rüber. Ich an der Leine. Boah, blöde Leine! Die muss ich nämlich nur tragen, wenn ich mich so richtig gut benehmen muss. Und wenn es regnet. Weil ich ohne Leine nämlich nie so blöd wäre rauszugehen, während ich von oben mit fetten, kalten, nassen Tropfen bombardiert werde.

Mads und ich gehen zur Haustür raus, ein kleines Stückchen über den Bürgersteig – keine Amanda zu sehen – und dann direkt wieder in den Vorgarten vom Haus nebenan. Das Haus, in dem der verdächtige Lorentz wohnt.

Bin gespannt, ob der mich wiedererkennt.

Mads drückt auf den Knopf neben der Tür, und im Haus ist eine Art Glocke zu hören.

Dann warten wir.

Und dann drückt Mads noch mal auf den Knopf.

»Vielleicht ist er im Schuppen«, sage ich zu ihm. »Da kann er uns wahrscheinlich nicht hören.«

Mads schaut mich an. Aber er scheint mal wieder nicht zu kapieren, was ich meine.

Gerade hat Mads sich umgedreht, um die kleine Treppe wieder runterzugehen, als drinnen im Haus etwas zu hören ist. Und gleich darauf wird die Tür geöffnet.

Tatsächlich steht dieser Lorentz vor uns. Aber er sieht ganz anders aus als vorhin, als er mit knallroter Birne hinter mir hergerannt ist. Ganz im Ernst, sein Gesicht scheint alle Farbe verloren zu haben. Er ist fast so weiß wie das bescheuerte, streitsüchtige Sofakissen.

»Ja, bitte?«, sagt Lorentz mit irgendwie wackliger Stimme.

»Guten Tag, mein Name ist Kemper. Matthias Kemper«, stellt Mads sich ganz offiziell vor.

»Darf ich Ihre Dienstmarke sehen?«, fragt Lorentz gepresst.

Einen Augenblick starrt Mads ihn an wie ein Mops, wenn's donnert. Dann sieht er an sich runter. Außer seiner schicken Uniform kann ich nix Ungewöhnliches an ihm entdecken. Aber er lacht plötzlich und sagt: »Oh nein … ich … ich bin Ihr Nachbar. Beziehungsweise ist meine Freundin Ihre Nachbarin. Aber weil ich seit ein paar Wochen bei ihr wohne, bin ich jetzt wohl auch Ihr Nachbar …« Mads bricht verwirrt ab. Und auch Lorentz sieht aus, als wüsste er nicht, was das alles zu bedeuten hat.

»Auf jeden Fall wollte ich mich nur entschuldigen«, quatscht

Mads dann weiter. »Mein Hund hat in Ihrem Garten wohl ein bisschen was angestellt?«

Da folgt Lorentz Mads' Blick und sieht zum ersten Mal mich an.

Keine Frage. Der erkennt mich wieder.

»Ich hoffe, er hat nichts kaputtgemacht?«, will Mads wissen. »Alle Blumen noch heil?«

Da kommt plötzlich Leben in Lorentz, der bisher wie erstarrt vor uns gestanden hat. Er lächelt so breit, dass man alle seine Zähne sehen kann. Und seine Gesichtsfarbe wechselt er auch wieder ins eher Rötliche.

»Unsinn! Unsinn!«, sagt er und beugt sich zu mir runter, um mich unbeholfen zu tätscheln. »Er hat doch nichts kaputtgemacht. Ist alles in bester Ordnung! So ein kleiner Hund kann doch nicht wirklich was kaputtmachen.«

Mads antwortet nicht sofort. Vielleicht denkt er genau wie ich an das pinke Kissen auf dem Bett im Schlafzimmer. Aber dann sagt er: »Sind Sie sicher? Falls Schaden entstanden ist, würde ich Ihnen den gern ersetzen.«

Doch Lorentz, der sich nun vor mich hockt, winkt mit der Hand und sagt: »Davon will ich nichts hören. Wissen Sie, ich liebe Tiere. Denen kann man doch nicht lange böse sein, oder?« Tätschel, tätschel.

Na suuuper! Das hätte ich mal früher wissen sollen, dann hätte ich vorhin alles drangesetzt, mich irgendwo zu verkriechen. Unter der Veranda vom Haus vielleicht. Nur so lange, bis er nicht mehr böse gewesen wäre. Dann hätte ich mir dieses blöde Geschüttle und Über-den-Zaun-Gewerfe bestimmt sparen können. Mist!

Mads sieht sehr erleichtert aus. »Da bin ich aber froh. Meine Freundin hatte schon Angst vor einer Art Nachbarschaftsfehde, wissen Sie?« Er lacht sogar.

Lorentz lacht auch. »Also, wirklich!«, sagt er und zeigt seine Zähne. »Davon bin ich weit entfernt.«

Die beiden sprechen noch ein wenig über die andere Nachbarschaft, die vorteilhafte Anbindung an die Öffentlichen – was auch immer sie damit meinen – und darüber, wie viel Arbeit so ein Garten doch macht.

»Tja, dann … also …«, sagt Mads schließlich, »werd ich wohl mal wieder rübergehen.«

»Grüßen Sie schön!«, sagt Lorentz.

Die beiden schütteln sich die Hände, wie Zweibeiner das so tun, und wir gehen wieder durch den Vorgarten, über den Bürgersteig und zu unserer Haustür.

Als wir zur Wohnungstür reinkommen, sagen Linna und Kasimir gleichzeitig: »Und?«

»Kein Problem«, sagt Mads und nimmt mir das Halsband ab.

»Er hat mich getätschelt«, sage ich.

»Wie? Kein Problem?«, wiederholt Linna. »Nach dem, was ich beobachtet habe, war er echt sauer, kann ich dir sagen.«

»Wie? Getätschelt?«, wiederholt Kasimir. »Du hast dich von dem verbrecherischen Verdächtigen anfassen lassen?«

»Er hat gesagt, er liebt Tiere und kann ihnen nicht lange böse sein«, erzählt Mads.

»Was sollte ich denn machen, wenn er Tiere so gernhat?«, frage ich zurück.

»Hm?!«, machen Linna und Kasimir.

»Außerdem hat Kalle wohl nichts kaputtgemacht. Ich hab ihm angeboten, dass ich es natürlich ersetze, wenn Schaden entstanden ist. Aber davon wollte er nichts wissen«, sagt Mads.

»Eigentlich war er sehr nett«, sage ich, ein bisschen kleinlaut. Weil ich mir schon vorstellen kann, was Kasimir dazu meint.

Und tatsächlich. Während Linna Mads einen Kuss gibt und er im Schlafzimmer verschwindet, um sich umzuziehen, sagt Kasimir zu mir: »Du würdest auch keinen Verbrecher erkennen, wenn er mit einer Schusswaffe auf dich zielen würde – solange er dir dabei sagt, dass er Tiere gernhat.«

»Wieso?«, erwidere ich. »Vielleicht hat er einfach seine

Meinung geändert? Erst fand er mich blöd wegen den Blumen. Na ja, wohl nicht wegen den Blumen. Aber wegen dem Geheimnis, das er da vergraben hat. Und später ist ihm wieder eingefallen, dass er Tiere doch mag und …«

Kasimir schüttelt energisch den Kopf. »Nein, nein, es juckt mir in den Schnurrhaaren. Daran stimmt etwas ganz und gar nicht. Erzähl mal genau: Wie hat er denn reagiert, als er die Tür geöffnet hat?«

»Geglotzt hat er!«, sage ich. »Würde mal sagen, der hat sich voll erschrocken.«

Kasimirs Augen verengen sich zu Schlitzen. »Er sah erschrocken aus, als er die Tür geöffnet hat?«

Ich reiße die Augen und das Maul auf und gucke entsetzt. »Hooo unnefähr.«

Kasimir betrachtet mich nachdenklich. Dann fällt sein Blick auf die Sofalehne, wo immer noch Mads' blaue Mütze liegt.

»Natürlich!«, sagt er. »Mads hat seine Uniform getragen! Wahrscheinlich wusste Lorentz bisher nicht, dass sein neuer Nachbar Polizist ist. Deswegen hat er sich so erschrocken, als Mads plötzlich in voller Montur vor der Tür stand. Er hat im ersten Moment geglaubt, man wäre seinen kriminellen Machenschaften auf der Spur. Und natürlich wollte er auf keinen Fall, dass Mads sich in seinem Garten genauer umschaut. Deswegen hat er einfach behauptet, es wäre gar kein Schaden entstanden.«

Ich sach doch immer: Dieser Kater ist so wahnsinnig klug!

»Und welche Schlüsse ziehen wir daraus?«, will Kasimir wissen.

»Ähm …«, mache ich.

Kasimir schmettert grimmig: »Wir müssen uns wirklich beeilen, ihn zu entlarven! Sobald morgen die Luft rein ist, gehen wir wieder rüber! Und diesmal werden wir erfolgreich sein!«

»Aye, aye, Boss!«, sage ich. »Voll krass, ey.«

15. Kapitel – Kasimir

Heute werden wir es schaffen. Ich hab's im Gespür.

Heute ist der Tag der Tage – an dem der erfolgreiche und elegante Ermittler und sein plumper, aber williger Assistent dem gemeinen Verbrecher auf die Spur kommen.

Die Bedingungen sind ideal.

Unsere Zweibeiner, die zu diesem Zweck aus dem Weg sein müssen, haben das Haus soeben verlassen.

Das Wetter ist regnerisch und kühl. So wird der übergewichtige Assistent beim Ausgraben der Beweisstücke nicht so schnell aus der Puste geraten.

Und das Wichtigste: Von meinem Beobachtungsposten auf der Fensterbank aus habe ich vorhin gesehen, dass Lorentz im Auto weggefahren ist.

Alle Zeichen stehen auf Sieg!

»Ich glaub, heut sollten wir besser nicht rübergehen«, gähnt Kalle und rekelt sich in seinem Körbchen.

»Bitte?!«, entfährt es mir. Schließlich wollte ich mich gerade auf den Weg zur Katzenmopsklappe machen. Jetzt setze ich mich und betrachte, wie mein Assistent wie ein Stück schwarzer Wackelpudding auf seinem zerknautschten Kissen herumwabbelt. »Kannst du das irgendwie … begründen?«

Kalle rollt sich auf den Rücken und schielt mich schläfrig an. »Wenn du wissen willst, wieso es besser wär, wenn wir heut nicht rübergehen … Kann ich dir leider nicht sagen. Keine Ahnung!«

»Du meinst, du hast überhaupt gar keine Begründung?«, hake ich nach.

»Nicht so richtig«, murmelt Kalle mit halb geschlossenen Augen. »Ist mehr so'n Bauchgefühl.«

»Aha«, mache ich. Meine Schnurrhaare sträuben sich autoritär. Aber das macht keinen Eindruck auf den Mops. Also sage ich: »Lass mich zusammenfassen: Der erfolgreiche Ermittler, der kurz vor der Aufklärung seines brisantesten Falls steht und gerade festgestellt hat, dass die Bedingungen zur Beweissicherstellung heute ideal sind, soll nicht zur Tat schreiten, weil sein unerfahrener Assistent so'n Bauchgefühl hat?«

Kalle rollt wieder herum und starrt einen Moment auf den Parkettboden. Dann sieht er mich ratlos an. »So, wie du das sagst, klingt's irgendwie schräg.«

»Siehst du! Also komm! Wir machen uns an die Arbeit!«, fordere ich ihn auf.

Ächzend rappelt er sich auf und folgt mir nach draußen.

»Warte einen Moment, bevor du durch das Loch krabbelst«, sage ich. »Ich schau nur kurz, ob die Luft auch wirklich rein ist.« Damit erklimme ich den Fliederbusch. Auf einem der Äste balancierend, betrachte ich das Nachbargrundstück genau. Alles ist ruhig.

»Positiv!«, rufe ich Kalle leise zu. »Du kannst rüber!«

Doch entgegen seinem sonstigen Eifer taucht er nicht sofort durch den Tunnel auf die andere Seite. Er zögert, und sogar von hier oben kann ich sehen, wie sich die Haare auf seinem Rücken aufrichten.

Zaghaft schaut er zu mir herauf.

Ich nicke ihm zu. »Nun mach schon!«, zische ich.

Kalle atmet tief ein und beginnt sich durch das Loch auf die andere Zaunseite zu schieben.

Ich balanciere auf meinem Ast vor, um von dort aus in Lorentz' Garten zu springen. Doch in dem Augenblick, in dem Kalle mit einem leisen, schabenden Geräusch auch sein Hinterteil unter dem Zaun hervorzieht und in dem ich gerade abspringen will, schießt unter mir ein Kugelblitz am Zaun entlang.

Kalle wird nach vorn geschleudert und landet mit einem unfreiwilligen Überschlag in der wild wuchernden Wiese.

Ich bin so entsetzt, dass ich mich nicht rühren kann, sondern nur wie gelähmt hinunterstarre.

»So! Und jetzt schauen wir mal, was so ein fetter Jammerlappen wie du macht, wenn weder der kleine Kasimir noch irgendein Zweibeiner zu Hilfe eilt!«, schnurrt es aus der Wiese.

Der Große Weiße hat sich genau vor Kalles einziger Fluchtmöglichkeit, dem Tunneleingang unter dem Zaun, aufgebaut.

Kalle setzt sich auf und schüttelt sich.

»Menno!«, brummt er. »Was soll'n das?«

»Gib dir nur keine Mühe«, knurrt der Große Weiße. »Auf deine jämmerliche, naive Tour fällt der Große Weiße nicht noch einmal rein. Heute zählen nur Krallen und Zähne. Damit du Winzling kapierst, dass es besser ist, wenn du in deinem Revier bleibst!«

Ich kann spüren, wie meine Pfoten auf dem Ast leicht zu zittern beginnen. Krallen und Zähne.

Aber Kalle sieht nicht so aus, als würde er verstehen, was das bedeutet. »Jetzt hör mal zu, du Blööödmann, du«, bellt er wütend. »Das hier ist nicht dein Garten! Und ich kann gehen, wohin ich will! Und da kann ich machen, was ich will! Kapische?!«

Der Große Weiße peitscht mit dem Schwanz und macht einen kleinen Schritt nach vorn.

»Das«, sagt er leise.

Noch ein Schritt.

»Werden«, fährt er fort.

Dritter Schritt.

»Wir«, faucht er.

Gleich mehrere Schritte.

»Ja sehen!« Ohne weitere Vorwarnung stürzt er sich auf Kalle.

Zwei, drei Sekunden lang starre ich auf ein schwarz-weißes Knäuel am Boden, das bellend, knurrend und fauchend ins Blumenbeet rollt. Dann endlich schaffe ich es, die Lähmung des Entsetzens abzuschütteln.

So schnell es geht, balanciere ich auf dem Ast zurück und springt vom Baum in unseren Garten. Über den Rasen presche ich Richtung Haus, donnere durch die Klappe, und als ich um die Ecke zum Flur und Schlafzimmer fege, verliere ich für einen Augenblick auf dem Parkett den sicheren Halt. Ich schleudere herum und pralle gegen die Wohnungstür. Doch davon lasse ich mich nicht aufhalten. Hinein ins Schlafzimmer. Ich werfe mich unter die letzte Schranktür und angele mit bebenden Pfoten nach dem Mechanismus. Es dauert nur wenige Sekunden, dann springt die Tür auf.

Da oben!

Unter einem Badetuch fast verborgen, kann ich eine Ecke des kleinen Koffers entdecken. Der ist wirklich verdammt weit oben …

Hektisch schaue ich mich um. Das Bett ist zu weit entfernt, von dort aus würde ich es nicht schaffen. Aber neben dem Schrank steht eine Kommode, und daneben ein frei stehender Spiegel mit schnörkelig verziertem Metallrahmen. Das versuch ich!

Mit einem Sprung auf die Kommode. Und nun den richtigen Winkel für den Spiegel ausmachen.

Ich wage es. Doch schon während ich abspringe, weiß ich, dass ich eine zu schräge Bahn gewählt habe. Nur mit einer Pfote erwische ich die obersten Schnörkel des Spiegels, der sofort in seinem Rahmen hin- und herzuschwingen beginnt. Ich kralle mich fest, angele mit der anderen Pfote nach Halt und stütze mich schabend und quietschend mit den Hinterpfoten am Spiegel ab.

Keuchend ziehe ich mich hoch und komme schließlich auf dem schmalen Rahmen zitternd zum Stehen.

Jetzt muss es beim ersten Versuch klappen. Wenn ich das Fach im Schrank verfehle, ist alles umsonst gewesen.

Ich spanne alle Muskeln an, visiere genau die kleine Lücke im Schrank an, in der ich landen muss. Und dann springe ich.

Für einen kurzen Moment denke ich, dass ich es nicht schaffen und gleich hart auf dem Boden aufschlagen werde – aber dann spüre ich den weichen Frottee des Handtuchs unter meinen Pfoten und weiß: Es ist gelungen!

Jetzt muss ich nur noch den Koffer hier rausbekommen und irgendwie des Handfunkgeräts habhaft werden.

Denn das ist mein Plan: Ich werde Verstärkung anfordern.

Auch wenn ich den Ermittlerkollegen aus verständlichen Gründen nicht mitteilen kann, um was für einen Notfall es sich hier handelt, werden sie bestimmt das Gerät orten können und rasend schnell hier sein.

Also krieche ich hinter den Koffer in den Schrank und schiebe mit aller Kraft dagegen. Tatsächlich! Er bewegt sich. Noch einmal. Und noch einmal.

Nachdem ich mich fünfmal gegen den Koffer gestemmt habe, spüre ich plötzlich, wie er kippt. Und schon landet er mit mächtig viel Krach auf dem Teppich vor dem Schrank. Großartig! Das klingt, als wären die Verschlüsse beim Sturz einfach aufgesprungen. Besser geht's nicht!

Ich springe möglichst weit aus dem Regalfach des Schranks, lande weich auf dem Bett und bin schon am Koffer, der sich durch den Sturz tatsächlich geöffnet hat.

Doch dann …

Auf den ersten Blick sehe ich weder Mads' Dienstwaffe noch das Handfunkgerät, sondern nur jede Menge Papier. Seiten über Seiten, beschrieben mit Zweibeiner-Handschrift. Kleine Umschläge, deren bunte Marken deutlich machen, dass sie vom Postmann gebracht worden sind. Außerdem ist da ein kleines Tierchen aus Stoff mit einem aufgenähten Grinsen. Und ein sehr weiches buntes Tuch, das intensiv riecht. Ich schnuppere daran und muss niesen. Riecht weder nach Mads noch nach Linna. Und was hat so was überhaupt in dem geheimen Koffer eines Polizisten zu suchen?

Ich tapse durch das Papier, schiebe hier und dort etwas zur Seite. Doch das Handfunkgerät kommt nicht zum Vorschein.

Und da wird es mir klar: Kalle hat gelogen.

Womöglich wusste er, was sich tatsächlich in Mads' kleinem Koffer befindet. Vielleicht hatte er selbst aber auch keine Ahnung, was drin war. Er hat einfach irgendetwas erfunden. Etwas, von dem er wusste, dass es mich brennend interessieren würde.

Dass Kalle allerdings irgendwann selbst so sehr in der Klemme stecken und seine fatale Lüge dadurch auffliegen würde – das hat er sicherlich nicht gewusst.

Einen kurzen Moment starre ich auf das handbeschriebene Papier vor mir.

Kein Handfunkgerät. Keine Verstärkung.

Und mir wird bewusst, was ich tun muss.

Erneut sprinte ich übers Parkett durch die Wohnung und lasse die Katzenmopsklappe krachen. Über den Rasen. Hinauf auf den Baum. Über den Ast. Und ohne zu zögern, hinunter, mitten ins Kampfgetümmel.

Es sieht schlimm aus.

Kalle hat sich auf den gewaltigen Kater geworfen und sich irgendwo im weißen Fell verbissen. Doch der Große Weiße hat sich geschickt gedreht und bearbeitet Kalle von unten mit allen vier Pfoten, sodass der Mops abwechselnd knurrt und winselt. Auf dem weißen Fell unter ihm sind rote Spuren zu sehen. Und ich vermute mal, dass die nicht vom Großen Weißen stammen.

Kalle ist so damit beschäftigt, den mächtigen Gegner am Boden festzuhalten, dass er mich gar nicht bemerkt hat. Doch der Große Weiße dreht den Kopf und glimmt mich mit seinen hellgrünen Augen an, in denen so etwas steht wie ... Freude.

Dann legt er den Kopf schief, öffnet die Schnauze mit den nadelspitzen Zähnen und beißt zu.

Kalle jault schmerzerfüllt auf.

Jetzt reicht es mir wirklich! Ohne nachzudenken, stürze ich mich auf den Großen Weißen und erwische ihn mit meinem gepflegten Gebiss an der empfindlichen Stelle unterhalb vom Schwanz. Der Große Weiße lässt Kalle los und kreischt nun selbst vor Schmerz.

Kalle fährt herum, spuckt jede Menge weißes Fell aus und ruft: »Boss! Wahnsinn! Du weißt aber, wo's wehtut.«

Der Große Weiße strampelt derweil so wild unter ihm, dass Kalle alle Mühe hat, ihn unten zu halten. Wir werden hin und her geschüttelt. Doch Kalle hat zum Glück etliche Kilo Kampfgewicht einzubringen. Er liegt einfach platt auf dem großen Kater und knurrt ihn an: »Und jetzt, Sofakissen? Was machste jetzt, hm?«

Der Große Weiße faucht und kratzt. Doch mein geschickter Biss in die Weichteile setzt ihm gehörig zu.

Noch einmal reißt er die Schnauze mit den gefährlich blitzenden Zähnen auf. Doch gestärkt durch meinen Einsatz, ist Kalle diesmal gewappnet. Katzenraubtiergebiss prallt auf zahnsteingepeinigte Mopszähnchen. Ein Klacken ist zu hören. Der Große Weiße bäumt sich erneut auf, und diesmal schafft er es, Kalle abzuschütteln. Ich will noch einmal nachfassen, doch als ich meine Zähne kurz löse, nutzt unser Gegner das und springt auf.

Ich rase wild fauchend auf ihn zu und teile mit Rechts und Links mächtig aus.

»Richtig, Boss! Zeig's ihm!«, kräht Kalle.

Da wirft der Große Weiße sich plötzlich herum und rennt.

So schnell unsere Pfoten uns tragen, geht die wilde Hetzjagd durch den Nachbargarten, bis der Große Weiße durch die

Hecke auf der anderen Seite prescht und als weißes Blitzen zwischen den niedrigen Bäumen verschwindet.

Kalle und ich bleiben schwer atmend zurück.

Wir schauen uns an.

»Waaahnsiiin«, röchelt Kalle glücklich. »Dem haben wir's aber gezeigt!«

16. Kapitel – Kalle

Hätt ja nie gedacht, dass ich mal Spaß daran haben könnte, jemanden so richtig zu verkloppen. Aber vielleicht ist mir bisher einfach noch keiner begegnet, der es so volles Brett verdient hat – bis ich das weiße Sofakissen getroffen habe!

Als Kasimir und ich zurück in unseren Garten laufen, wird mir klar, wie sehr der blöde Kerl das verdient hat – denn mir tut echt alles weh. Mein Bauch ist total zerkratzt. Und die Stelle am Hals, wo er mich gebissen hat, ist so komisch feucht und puckert ganz schön.

Ich quetsche mich durch die Katzenmopsklappe und schlurfe erst mal in die Küche, um 'ne Runde zu süppeln.

Kasimir springt auf die Fensterbank und guckt aus dem Fenster. »Verflixt«, sagt er, springt wieder herunter und läuft in Richtung Küche. »Lorentz kommt gerade wieder nach Hause. Also können wir heute wohl keine Beweise mehr sicherstellen.«

»Ich glaub, ich müsste mich vorher sowieso erst mal stärken«, antworte ich und gucke in meinen Fressnapf. Aber Futter ist leider keins mehr da. Das mampfe ich morgens immer gleich komplett auf.

Kasimir sitzt in der Küchentür und guckt mir zu. Sieht mal wieder verdammt nachdenklich aus.

»Sach ma«, sage ich schließlich, als ich genug getrunken habe. »Wo warst du eigentlich am Anfang so lange? Ich dachte schon, du kommst gar nicht mehr, um mit mir das Sofakissen zu vermöbeln.«

Kasimir legt den Kopf schief. »Ich hatte eine viel bessere Idee. Ich bin reingerannt und habe unter enormem Einsatz versucht, über das Handfunkgerät in Mads' Koffer Verstärkung anzufordern.«

Hammer! Da schlackern mir ja die Ohren!

»Kasimir«, sage ich bewundernd. »Du bist echt 'ne Rakete! Was dir alles einfällt! Ich mein, da wär ich doch nie draufgekommen. Das Quasselfunkdings! Na klar! Und die Verstärkung hätte das olle Sofakissen bestimmt …«

Ich breche ab.

Ähm!

Das Quasselfunkdings? Moment mal.

Vorsichtig schiele ich zu Kasimir hinüber, der immer noch mit schief gelegtem Kopf in der Küchentür sitzt.

»Warum … öh … warum hat es denn nicht geklappt?«, frage ich.

Doch statt einer Antwort dreht Kasimir sich um und geht lässig mit hoch gerecktem Schwanz voraus ins Schlafzimmer.

Ich trotte beklommen hinterher. Au weia!

Als ich um die Ecke biege, sehe ich es auch schon.

Kasimir hat es echt geschafft, den Koffer aus dem Schrank zu schubsen. Das hätt ich nie gepackt. Keine Chance. Aber er hat es gemacht. Und den Koffer hat er auch aufgekriegt. Nur dass da natürlich kein Quasseldings drin war, sondern jede Menge …

»Briefe?«, rutscht es mir raus.

Kasimir räuspert sich. »Ja, ich war auch ein wenig … verwundert.«

Ich trabe hin und beschnüffle die Umschläge und den kleinen Teddy und das Tuch.

»Ah … Nicole …«, murmle ich dabei. »Ein einziges Mal haben Mads und ich sie getroffen – als er und ich ganz frisch zusammengewohnt haben und wir Linna noch nicht kannten. Da waren wir in einem Café, und Nicole hat geweint, und Mads hat ihr ein Taschentuch gegeben. Und sie hat gesagt, dass sie gar nicht traurig ist, sondern dass es mit mir zu tun hat. Sie hat gemeint, sie sei algerisch.«

»Du meinst wohl allergisch«, verbessert mich Kasimir und rollt genervt die Augen. »Aber soll das etwa heißen, die Sachen riechen nach Mads' Exfreundin?«

Ich nicke und gucke ihn kleinlaut an. »Tut mir echt leid, Kasimir. Ich konnt doch nicht wissen, dass du versuchen würdest, mit dem Quasselfunkdingsbums Hilfe zu holen. Ich dachte einfach … Ich dachte, es wär 'ne coole Story.«

Kasimir mustert mich ziemlich streng. Doch dann verändert sich sein Ausdruck plötzlich.

»Du hast da eine ziemlich tiefe Wunde am Hals«, sagt er.

Ich verrenke mich, kann aber nix sehen. »Merken tu ich das wohl. Aber ich komm nicht dran«, sage ich und setze mich hin, um mit meiner Hinterpfote dran zu kratzen.

»Nicht!«, raunzt Kasimir, sodass ich erschrocken aufhöre.

Dann kommt er auf seinen leisen Pfoten zu mir.

»Was hast du denn vor?«

»Stillhalten!«, brummt er. Kann ganz schön bestimmend sein, mein Boss. Dann schnuppert er an meinem Hals. Und plötzlich spüre ich etwas leicht Feuchtes, Raues.

»Autsch!«, mache ich.

»Scht! Ist gleich fertig«, murmelt Kasimir und leckt weiter. Nach 'ner Weile ist er zufrieden.

»Da wir jetzt sowieso nicht mehr am Fall arbeiten können, wäre es wohl besser, wenn du eine kleine Pause einlegst«, sagt er.

Wir gehen zusammen rüber ins Wohnzimmer. Er hüpft auf die Sofalehne, und ich kuschele mich ins Körbchen. Ich glaub, die Stelle am Hals tut schon nicht mehr ganz so doll weh.

»Kasimir?«, bringe ich noch heraus.

»Hm?«

»Wegen dem Koffer ...«

»Lass gut sein!«, unterbricht Kasimir mich. Und ich meine, er murmelt noch leise: »Es war eine coole Story.«

Dann beginnt er leise zu schnurren, und dieses Geräusch lullt mich ratzfatz ein, sodass ich im Nullkommanix einpenne.

Am Ende hab ich den ganzen Tag irgendwie verdöst.

Kasimir ist ab und zu auf den Baum geklettert und hat nachgeschaut, ob die Luft rein ist. Aber Lorentz hatte mächtig was zu tun in seinem Schuppen – und da war klar, dass wir nicht noch mal rübergehen können.

Inzwischen ist es Nachmittag, und Kasimir pendelt seit einer Weile nicht mehr in den Garten, sondern ins Schlafzimmer.

»Was machst du da drinnen?«, will ich schläfrig wissen, als er zum dritten oder vierten Mal ins Wohnzimmer zurückkommt.

Kasimir schüttelt den Kopf. »Irgendwie werd ich das Gefühl nicht los, dass es Ärger geben wird.«

»Wegen dem Koffer? Aaaach, Quitschiquatschi«, versuche ich ihn zu beruhigen. »Weißt du noch, als ich das pinke Kissen kaputtgemacht habe? Da haben Linna und Mads doch auch drüber gelacht.«

Kasimir sieht mich zweifelnd an.

Und in dem Moment hören wir auch schon das Tip-tip-tip von Linnas Schuhen auf den drei Stufen vor der Wohnungstür.

Der Schlüssel wird im Schloss gedreht, und die Tür geht auf. Wir laufen beide hin und begrüßen Linna, wie es sich gehört. Sie lacht und streichelt abwechselnd Kasimir und mich.

»Nanu«, sagt sie plötzlich. »Du bist ja ganz erdig. Und was ist das?« Sie betrachtet die Stelle an meinem Hals genauer, wo das blöde Sofakissen mich gepackt hat. »Bist du hinten in den Brombeeren gewesen?«

»Ach lass mal, Linna. Ist jetzt gerade nicht so wichtig«, sage ich zu ihr. »Am besten, du gehst sofort ins Schlafzimmer und lachst 'ne Runde über diese Koffersache. Der Kasimir macht sich nämlich Sorgen, du könntest sauer sein oder so was.«

»Sie kann dich nicht …«, sagt Kasimir.

»Ach ja!«, unterbreche ich ihn. Dass sie mich nicht verstehen kann, weiß ich doch eigentlich auch. Und deswegen geht sie eben nicht direkt ins Schlafzimmer, sondern erst einmal in die Küche, wo sie Kasimir eine neue Dose Futter aufmacht und die Maschine mit dem dunklen Gebräu röhren lässt.

»Das war vielleicht ein Tag, Jungs!«, sagt sie zu uns.

Wieso Zweibeiner andauernd mit uns sprechen und einfach davon ausgehen, dass wir sie verstehen – andersrum aber nicht die Bohne kapieren, werd ich nie checken.

»Ich muss erst mal bequeme Klamotten anziehen«, fährt sie fort und läuft endlich in die richtige Richtung. »Und dann schau ich mir mal näher an, was du hast, Kalle. Wo hast du dich denn bloß rumgetrieben? Auf alle Fälle haben wir alle einen Sofaabend verdient. Vielleicht kommt ja ein schöner Krimi, was, Kasimir? Dann kriegst du wieder die extra Krauleinheit und …«

Als sie im Schlafzimmer ankommt, bricht sie ab und stutzt.

»Ach, Jungs!«, sagt sie dann und dreht sich zu uns um. Kasimir und ich sind ihr natürlich gefolgt und stehen nun direkt hinter ihr im Flur. »Was habt ihr denn jetzt wieder angestellt?« Sie geht ins Zimmer und zu der offenen Schranktür, vor der der kleine Koffer und all die Briefe herumliegen.

Seufzend hockt sie sich auf den Boden und fängt an, den ganzen Papierkram in den Koffer zu werfen. Auch der kleine Teddy fliegt hinein. Doch dann hält Linna inne und nimmt ihn noch mal in die Hand. Auch das weiche Tuch nimmt sie hoch und beguckt es sich ganz genau. Sie riecht sogar daran und verzieht dann das Gesicht zu einer Grimasse. Kann ich verstehen. Ehrlich gesagt, mochte ich den Geruch von dieser Nicole auch nicht besonders.

Langsam legt Linna den Teddy und das Tuch zu den Briefen in den Koffer und nimmt einen weiteren Umschlag auf, der noch auf dem Boden liegt. Sie betrachtet ihn von vorne und von hinten. Und irgendwie ist sie plötzlich ganz anders. Weiß nicht, wie ich das sagen soll, aber sie atmet anders und sie riecht anders und sie sieht anders aus. Gar nicht mehr wie unsere Linna. Und lachen will sie offenbar auch nicht.

Eine ganze Weile sitzt sie da und starrt einfach nur auf den Umschlag in ihrer Hand. Dann legt sie ihn zu den anderen in den Koffer.

Doch kaum hat sie ihn losgelassen und die Hand zurückgezogen, greift sie wieder danach. Diesmal zieht sie aus dem Umschlag ein Blatt Papier raus. Da sind lauter Kritzeleien drauf, so wirres Zeug eben. Aber ihr scheint es etwas zu sagen, denn sie starrt und starrt darauf, erst auf die eine, dann auf die andere Seite.

Dann nimmt sie noch einen Umschlag aus dem Koffer und zieht ein Papier raus und guckt es genau an. Und dann noch einen.

Schließlich lässt sie alles wieder in den Koffer fallen.

Sie lässt die Schlösser vom Koffer zuschnappen und stellt ihn neben den Schrank. Ihre Bewegungen sind irgendwie eckig dabei.

Dann geht sie rüber ins Wohnzimmer. Sie setzt sich aufs Sofa und nimmt den Telefonhörer. Aber dann legt sie ihn wieder weg. Sie sitzt einfach nur da und macht sonst gar nix. Irgendwie unheimlich.

Erst nach einer Weile sind endlich Mads' Schritte im Flur zu hören, und er kommt rein.

Polternd zieht er bei der Garderobe seine Schuhe aus und ruft: »Bin daahaa! Wer noohooch?«

Aber Linna antwortet nicht.

Er streckt den Kopf um die Ecke und lächelt sie an. Doch als er uns hier sitzen sieht – Kasimir ganz stumm auf der Sofalehne, mich in meinem Körbchen und Linna steif wie ein Brett auf dem Sofa –, kommt er schnell rüber zu uns.

»Was ist denn? Ist was passiert?«, fragt er mit ernster Miene.

»Das mit dem Koffer ist meine Schuld«, sage ich. »Ich hätt dem Kasimir nicht erzählen sollen, dass da deine Knarre und das Quasseldings drin sind …«

»Linna?«, fragt Mads und hockt sich vor sie. Aber als er ihre Hände nehmen will, zuckt sie zurück und sieht ihn an. Und echt, bei dem Blick, wäre mir auch ganz anders geworden.

»Zuallererst«, sagt Linna mit so komisch kalter Stimme. »Zuallererst will ich klarstellen, dass ich nicht geschnüffelt habe! Okay?! Das müssen die Tiere gewesen sein.«

»Oh, oh!«, mache ich.

»Pssst«, zischt Kasimir.

Mads sieht Linna halb erschrocken und halb fragend an. Am Ende nickt er aber.

Linna muss sich ein paarmal räuspern, bevor sie weitersprechen kann. »Jedenfalls habe ich ein paar der Briefe gelesen.«

»Briefe?«, wiederholt Mads mit gerunzelter Stirn. »Was für Briefe?«

»Von deiner … Verlobten«, sagt Linna.

Mads schüttelt den Kopf. »Moment mal! Moment mal! Briefe von Nicole? Aber wo waren die denn? Ich hatte keine Ahnung, dass ich noch welche von ihr habe. Wenn du zufällig einen gefunden hast, dann …« Plötzlich verstummt er und sieht Linna mit großen Augen an.

»Hast du es jetzt kapiert?«, fragt Linna. »Dass ich endlich auch weiß, dass ihr verlobt wart? Davon hast du mir kein Wort gesagt! Und auch nichts davon, dass du in den Innendienst gewechselt bist, weil ihr eine … eine Familie gründen wolltet.«

»Aber … aber, Linna …«, stammelt Mads. »Das ist doch schon fast zwei Jahre her. Du kannst doch unmöglich eifersüchtig auf etwas sein, das so lange her ist. Ich hab nicht mal mehr gewusst, dass in meinen Sachen noch irgendwo Briefe von ihr stecken …«

»Eine Familie gründen!«, wiederholt Linna. »Was hast du mir neulich noch gesagt? Im Dienst, da passieren manchmal Dinge, über die man nicht so leicht sprechen kann … Ha!« Jetzt lacht sie. Aber nur kurz. Und auch nicht richtig. »Ich dachte, du hättest irgendwas Schlimmes erlebt. Vielleicht wie ein Kollege verletzt oder getötet wurde. Und dabei wollte deine Verlobte nur auf Nummer sicher gehen, dass dem Papa ihrer Kinder nichts passieren kann, während er draußen unterwegs ist und Verbrecher jagt!«

»Aber, Linna …«, beginnt Mads wieder. Und ehrlich, ich finde, jetzt gerade macht er nicht so 'ne gute Figur. Linna findet das wohl auch, denn sie hebt die Hand und sagt: »Ich will, dass du gehst.«

Mads wird aschfahl, fast so weiß wie das dämliche Sofakissen mit der Knautschfresse.

»Linna, das meinst du doch nicht ernst?!«, sagt er.

»Doch!«, erwidert Linna, obwohl sie klingt, als würde sie sich selbst nicht so richtig glauben. »Pack das Nötigste und verschwinde. Den Rest kannst du morgen holen. Ich will dich hier nicht mehr sehen.«

»Das kannst du doch nicht machen!«, fährt Mads auf. »Mich einfach rausschmeißen – bloß weil du zwei Jahre alte Briefe gefunden hast von einer Frau, die mir gar nichts mehr bedeutet.«

»Wieso hebst du dann ihre Sachen auf?«, will Linna wissen.

Mads reißt die Hände in die Höhe. »Ich hatte keine Ahnung, dass ich noch Sachen von ihr habe. Aber ich schwöre dir –«

»Nein, Mads!«, unterbricht Linna ihn. »Jetzt reicht's mir. Als du mir nicht gesagt hast, dass ihr noch zusammen arbeitet, war das schon ein dicker Brocken. Den hab ich geschluckt.

Aber das jetzt ... Mich so anzulügen! Wie soll ich dir denn jemals wieder irgendetwas glauben?!«

»Linna ...«

»Nein! Ich will, dass du gehst!«

Mads versucht ihren Blick einzufangen. Doch Linna schaut aus dem Fenster zur Terrasse. Ihre Lippen zittern.

»Wo soll ich denn hingehen?«, fragt Mads dann leise und ziemlich verzweifelt.

»Deine Mutter wird sich bestimmt freuen, wenn sie dich für eine Weile wieder bei sich zu Hause haben kann«, antwortet Linna spitz. »Vielleicht lädt sie ja Nicole mal zum Kaffeetrinken ein.«

Mads öffnet empört den Mund, um etwas zu erwidern – doch dann überlegt er es sich wohl anders.

Kurze Zeit sitzt er einfach nur da. Dann steht er auf und geht ins Schlafzimmer. Ich stehe auf und trotte ihm hinterher.

Mir wird irgendwie ziemlich mulmig zumute, als ich ihm so zusehe, wie er etliche seiner Klamotten in eine große Tasche stopft. Dann geht er ins Bad und packt auch da so einiges ein.

Als er die Tasche aus dem Schlafzimmer holt, steht Linna auf und geht in den Flur, wo sie die Hand auf die Klinke legt.

»Du hast ja den kleinen Koffer mit den Briefen gar nicht dabei«, stellt sie fest.

Mads zuckt mit den Achseln. »Nein, stell dir vor: An denen liegt mir nämlich nichts. Von mir aus kannst du sie ruhig alle lesen. So besessen wie du von dieser Idee bist, dass ich noch immer Gefühle für Nicole habe, wird dir das bestimmt gefallen.«

Für einen Moment verändert sich Linnas Gesicht. Sie sieht nicht mehr wütend aus, sondern plötzlich ein bisschen unsicher.

Ich habe kurz Hoffnung, dass sie es sich anders überlegt – dann könnten sie sich auch endlich mal um die Wunde an meinem Hals kümmern. Die puckert nämlich schon wieder.

Doch dann geht ein Ruck durch Linna, und sie öffnet die Tür.

Mads und sie stehen sich kurz ein wenig im Weg, und es gibt ein kleines Gedrängel – aber am Ende stehen Mads und ich draußen und Linna und Kasimir drinnen.

»Da ist nur noch eins …«, sagt Mads durch den Türspalt.

Von drinnen ist eines von Linnas Augen zu sehen.

»Was?«, raunzt sie.

»Kalle«, sagt Mads rau. »Meine Mutter wird ihn nicht bei sich haben wollen.«

Die Tür wird wieder aufgerissen. Linna macht einen Schritt heraus, nimmt mich vom Boden hoch und presst mich an sich. Ein schönes Gefühl, so weich.

Dann macht sie mit mir zusammen einen Schritt zurück in die Wohnung und pfeffert die Tür zu.

»Ähm … tschüss, Mads!«, rufe ich durch die Tür. »Wir sehen uns doch bald, oder?«

Aber er antwortet nicht. Obwohl wir alle drei mucksmäuschenstill hier stehen und lauschen, ist draußen im Hausflur ein paar Sekunden lang gar nix zu hören.

Doch dann ist da ein Scharren wie von Füßen, die sich langsam in Bewegung setzen. Ein sehr leises Pat–pat–pat auf den drei Stufen runter zur Haustür. Dann fällt die Tür ins Schloss. Und im Flur ist es noch stiller als still.

Linna atmet ein paarmal ziemlich laut ein und wieder aus.

Sie krault meine Ohren und küsst mich schließlich auf den Kopf. Das hat sie noch nie gemacht. Dann setzt sie mich runter auf den Boden.

»Was geht hier jetzt ab?«, frage ich Kasimir.

Doch der läuft nur an mir vorbei und streift mit hoch gerecktem Schwanz um Linnas Beine.

Sie beugt sich kurz zu ihm hinunter, um auch ihm den Kopf zu kraulen. Doch plötzlich quietscht sie auf. Klingt wie ich, als Mads mir mal aus Versehen auf die Pfote getreten ist. Dann wirft sie sich herum, rennt ins Schlafzimmer und schmeißt sich quer übers Bett.

Ich weiß nicht ... Zweibeiner zu verstehen, ist nicht immer einfach.

17. Kapitel – Kasimir

Langsam drängt die Zeit. Triefauge hat zu Lorentz gesagt, der Deal solle am übernächsten Wochenende über die Bühne gehen. Der Tag, an dem Mads' Eltern hier zu Besuch waren, war ein Wochenende, und ich hab im Gefühl, dass das nächste auch nicht lange auf sich warten lassen wird.

Daher habe ich den Nachbargarten heute schon sehr früh am Morgen überwacht. Kalle konnte erst später dazustoßen, denn er musste erst noch mit Linna zum Tierarzt und seine Wunde am Hals versorgen lassen.

Sobald sie Kalle wieder in der Wohnung abgesetzt hatte, ist Linna mit den Worten »Heute bleib ich nicht lange« zur Arbeit gefahren. Ich glaube, sie hatte keine besonders gute Nacht. Habe gehört, wie sie sich hin und her geworfen und immer mal wieder geweint hat. Ich, mit meinem sensiblen Schlaf, hab das natürlich mitbekommen, während Kalle in seinem Körbchen friedlich geschnarcht hat.

Und nun sitze ich also mal wieder auf dem Fliederbaum und behalte Lorentz' Schuppen scharf im Auge. Darin sind ständig diese merkwürdigen Geräusche zu hören.

Verflixt, wenn ich nur wüsste, was er da drinnen macht! Dann könnten wir uns vielleicht diese mühselige Sicherstellung der Beweise sparen. Vielleicht finden sich im Schuppen weitere Beweismittel, für die man nicht einen halben Meter tief graben muss.

Solche Gedanken beschäftigen mich, während ich hier oben auf meinem Posten hocke und mein in der Schlacht verwundeter Assistent da unten dösend im Gras liegt.

Um die Mittagszeit bekommt Lorentz wieder Besuch. Triefauge und seine beiden Begleiter, vermutlich seine persönlichen Leibwächter, erscheinen auf der Bildfläche.

»Kalle! Hey, Kalle!«, zische ich hinunter.

Mein Assistent erwacht mit einem kleinen Schnarcher und setzt sich so abrupt auf, dass man meinen könnte, er hätte die ganze Zeit Wache geschoben. Wahrscheinlich glaubt er es selbst.

»Bin da! Zur Stelle, Boss!«, lallt er.

»Pssst!«, raune ich ihm zu und deute mit dem Kopf hinüber in den anderen Garten.

Kalle schüttelt sich kurz und trabt dann zum Astloch im Zaun, um hindurchzulinsen. Und so können wir beide beobachten, wie Lorentz mit Triefauge im Schuppen verschwindet und die beiden grobschlächtigen Kerle draußen stehen bleiben, um den Garten zu bewachen.

»Schätze, an denen ist kein Vorbeikommen«, brummt Kalle leise.

»Nein. Verflixt! Auf diese Weise erfahren wir natürlich nicht, was Lorentz mit seinem Auftraggeber bespricht und ob Triefauge diesmal zufrieden mit seiner Arbeit ist«, antworte ich leise.

Als ich mich gerade so richtig darüber ärgern will, passiert es: Einer der beiden Kerle entdeckt mich hier oben auf meinem Ast!

Er legt den Kopf schief und blinzelt gegen das Sonnenlicht des frühen Sommertages. Dann kommt er näher und späht durch die Blätter, die mich doch eigentlich immer so gut verbergen.

»Da bist du ja wieder«, säuselt er mit verblüffend hoher Stimme. »Komm doch mal her, mein Kätzchen. Miez, miez, miez.«

Ich wahre selbstverständlich Contenance und bleibe ruhig liegen. Fehlte gerade noch, dass ich so einem Dringend-Tatverdächtigen-Helfer schnurrend um die Beine streiche.

Ist wahrscheinlich das Beste, wenn ich so tue, als würde ich ihn gar nicht wahrnehmen.

Doch der Kerl kommt immer näher und hat jetzt sogar die Hand ausgestreckt. Der Fliederbusch ist recht hoch. Aber der Kerl auch. Er wird mich doch wohl hoffentlich nicht von meinem Ast pflücken wollen?

Doch ehe er mich erreichen kann, saust plötzlich ein schwarzes Etwas unter meinem Baum durch und schlägt auf dem Rasen ein paar Haken. Kalle wetzt kläffend und hechelnd durch unseren Garten.

»Kalle!«, presse ich heraus. »Was machst du denn da? Unsere Tarnung!«

Der schwarze Witz auf vier Pfoten kommt wieder unter meinem Baum vorbei und ruft: »Die ist doch eh hin! Aber so einem bekloppten Mops trauen die doch bestimmt nicht zu, dass er in Wahrheit voll schlau ist!«

Tatsächlich scheint seine Logik aufzugehen. Der grobe Kerl und sein Kumpane sehen ihm über den Zaun hinweg zu und grinsen beide dümmlich. Als Kalle auch noch einen Purzelbaum schlägt, lacht der Erste sogar dröhnend auf.

In diesem Moment kommen Lorentz und Triefauge aus dem Schuppen, und Triefauge sagt gerade noch: »… werden wir Sie also morgen am vereinbarten Übergabepunkt erwarten.« Dann stutzt er. »Ihr scheint euch ja gut zu amüsieren«, stellt er dann fest.

Sein Leibwächter hört sofort auf zu lachen und verschränkt mit betretener Miene die Arme vor der Brust. »War nur 'n Hund«, brummt er, offensichtlich verlegen.

»Das sehe ich«, erwidert Triefauge, während Kalle sich auf dem Rasen zu wälzen beginnt.

Lorentz jedoch scheint das nicht so locker zu nehmen. Und

während Triefauge schon Richtung Haus vorausgeht, beobachtet er immer noch mit misstrauisch zusammengezogenen Brauen den vermeintlich herumtollenden Hund auf dem Nachbargrundstück.

»Ich warte«, bemerkt Triefauge, als er bereits den halben Weg durch den Garten zurückgelegt hat.

Lorentz wirft einen hektischen Blick zurück zur angelehnten Schuppentür, doch als die plumpe Gestalt auf dem Weg sich noch einmal kurz räuspert, stürzt er ihr nach. Auch die beiden Leibwächter folgen ihrem Chef, und so verschwinden sie alle vier im Haus.

»Kalle?«

Wälz, wälz.

»Kaaallle!«

»Hä?« Er schaut auf. »Ach, sind sie weg?«

»Sie sind im Haus verschwunden. Aber Lorentz hat die Schuppentür nicht abgeschlossen! Auf diese Chance habe ich gewartet. Ich springe rüber und sehe mich schnell drinnen um.«

Kalle schnappt nach Luft. »Wow! Wahnsinn! Und ich? Was mach ich?«

»Komm unter dem Zaun durch und behalte das Haus im Auge. Sobald sich etwas tut, bringst du deinen Spezial-Alarmbeller. Verstanden?«

»Verstanden, Boss!«

Ohne abzuwarten, bis Kalle sich durch den Tunnel gequält hat, springe ich auf der anderen Seite hinunter und setze mit ein paar Sprüngen zur Schuppentür. Sie steht tatsächlich einen Spaltbreit offen, und ich schlüpfe rasch hindurch. Drinnen halte ich eine Sekunde inne, damit meine Augen sich an das Dämmerlicht gewöhnen können.

Und dann sehe ich eine gewaltige Maschine dort an der Wand. Das muss der Schlüssel zu den ganzen kriminellen Machenschaften sein. Ich schleiche hinüber und schnuppere daran. Sie riecht streng, aber nicht nach irgendeinem mir bekannten Geruch. Kurz überlege ich, Kalle reinzurufen – seine Nase, obwohl so geplättet, kann das Rätsel vielleicht lösen. Aber natürlich muss er draußen Wache halten.

Also nehme ich mir den Tisch vor, der direkt neben der Maschine steht. Darauf liegt der kleine Koffer, den Lorentz täglich zwischen Haus und Schuppen hin- und herträgt.

Ich springe auf den Tisch. Der Koffer ist geschlossen. Doch ich erinnere mich daran, dass Mads' Koffer ja auch aufgesprungen ist, als ich ihn aus dem Schrank geschubst habe.

Vielleicht …? Ich stemme mich gegen den Koffer und versuche zu schieben. Doch er ist deutlich schwerer.

Ich drücke und presse. Zentimeter für Zentimeter bewegt der Koffer sich.

Eigentlich sollte ich schon längst wieder draußen sein. Lorentz wird bestimmt nicht stundenlang wegbleiben.

Aber ich weiß, die Aufklärung des Falls hängt ganz davon ab, ob ich nun das Rätsel um Lorentz' Verbrechen löse oder nicht.

Ein guter Ermittler riskiert doch immer Kopf und Kragen, wenn es darum geht, einem Kriminellen auf die Spur zu kommen.

Und ich will ein richtig guter Ermittler sein!

Ich schaffe es! Ich weiß genau, ich werde es schaffen!

18. Kapitel – Kalle

Boah, der Kasimir ist schon echt lange im Schuppen! So lange, dass jetzt der Besuch vom Lorentz vorn aus dem Haus rausgeht und in einem megadicken Auto wegfährt.

Klaro bereite ich mich da schon auf den Spezial-Alarmbeller vor. Aber Lorentz taucht nicht auf. Dabei behalte ich die Hintertür die ganze Zeit fest im Auge.

Hey, da fällt mir ein: Ich könnte ja mit mir selbst das Spiel »Wer zuerst blinzelt, verliert!« spielen. Wow, coole Idee! Ich muss also die Hintertür vom Haus ansehen, ohne auch nur ein Mal zu blinzeln!

Wenn ich es schaffe, bekomme ich mein Abendessen. Und wenn nicht … ähm … wenn nicht … Mist! Mein eines Auge fängt an zu tränen. Ist echt nicht so einfach, die ganze Zeit auf die Tür zu gucken, ohne zu blinzeln.

Vielleicht liegt es aber auch an der Himmelsrichtung. Direkt hinter dem Haus steht ja gerade die Sonne, und deswegen ist es bestimmt besonders schwer … Shit! Geblinzelt!

Ich versuch das mal andersrum. Wenn ich mich jetzt mit dem Rücken zum Haus hinstelle und ohne zu blinzeln, auf die Schuppenwand starre … Jau, das geht echt viel besser! Ich starre und starre und muss nicht ein einziges Mal blinzeln, und meine Augen tränen auch nicht. Cool! Wenn ich so weitermache, gewinn ich das Abendessen!

»Hab ich dich!«, zischt plötzlich eine Stimme hinter mir,

und im nächsten Moment werde ich vom Boden hochgerissen.

Mir entfährt ein etwas verunglückter, quietschender Alarmbeller. Aber natürlich ist es zu spät dafür. Lorentz hat mich wieder im Nackenfell gepackt und betrachtet mich argwöhnisch, während er mich auf Armeslänge von sich hält.

»Mit dir stimmt doch was nicht!«, grollt er mich an. »Mit dir und mit dieser verdammten Katze!«

Katze?

Kasimir!

Kasimir ist immer noch im Schuppen!

Ich strample wie verrückt mit den Beinen, aber natürlich hilft das nix. Lorentz will mich, wie beim letzten Mal, zum Zaun rübertragen. Aber wenn ich eins weiß, dann, dass ich mich nicht wieder wie so'n Sack Trockenfutter über den Zaun werfen lasse. Tut mir echt leid, Lorentz!

»Ah! Verdammt! Du dämliche Töle!«, schreit er, als er meine Zähne zu spüren bekommt. Und ich plumpse unsanft auf den Boden. Ich nutze seine Schrecksekunde und renne sofort los zum Tunneleingang am Zaun.

»Kasimir, der Verdächtige ist hier! Versteck dich irgendwo!«, rufe ich noch. Au Mann, bin ich froh, dass Zweibeiner uns nicht verstehen können.

Lorentz hüpft hektisch hinter mir her und will mich tatsächlich noch mal einfangen. Aber ich bin schon am Zaun. Da ist mein mühsam gegrabener Tunnel. Kopf. Vorderpfoten. Ächz! Hinterpfoten. Durch. Und dann nix wie weg!

Ich flitze um die Ecke der Terrasse und drücke mich an die Hauswand. Mein Herz rast vor lauter Schreck und von der schnellen Jagd. Aber trotzdem kann ich noch hören, wie Lorentz drüben schimpfend im Schuppen verschwindet.

Und ich halte den Atem an.

Wird er gleich Kasimir entdecken? Was wird er mit ihm anstellen?

Au Mann! Mein Boss ist wirklich ein waghalsiger Typ – da so einfach reinzumarschieren! Das hätt ich nie gebracht!

Doch ich höre weder Fauchen noch Schmerzensschreie. Stattdessen ist Lorentz nach kurzer Zeit wieder zu hören, wie er aus dem Schuppen kommt und sich auf seiner Zaunseite an meinem Tunnel zu schaffen macht. Lautes Klopfen. Erde wird herumgeschippt.

Dann quietscht wieder die Schuppentür. Und ich höre das verräterische Geräusch der drei Schlösser, die abgeschlossen werden. Wütende Schritte stampfen Richtung Haus. Türengeklapper.

Dann ist es still.

Schwer atmend sitze ich in der Terrassenecke und warte, ob sich drüben was tut. Doch es ist nix mehr zu hören.

Und so schwer es mir jetzt fällt: Natürlich muss ich wieder rüber und nachgucken, was mit Kasimir ist.

Vielleicht ist es ihm gelungen, fix aus dem Schuppen abzuhauen, als Lorentz hinter mir her war. Dann versteckt er sich bestimmt irgendwo und wartet drauf, von mir zu hören, dass die Luft rein ist.

Geduckt laufe ich also zum Zaun rüber.

Da ist mein Tunneleingang. Ich will durchtauchen, doch – Boing! – ich stoße mit dem Kopf gegen einen festen Widerstand. Und sosehr ich auch drücke, da ist nix zu machen.

Ich fass es nicht! Lorentz hat meinen Gang unter dem Zaun zugenagelt. Mit einem fetten Brett, das ich nicht einen einzigen winzigen Zentimeter bewegen kann.

Und jetzt?

Ich überlege kurz. Dann laufe ich zum Astloch und spähe durch.

Auf der anderen Seite ist niemand zu sehen. Aber als ich zum Schuppen schiele, bin ich mir ziemlich sicher, hinter der verschmierten Scheibe etwas Rot-Weißes zu sehen.

Au Scheiße! Kasimir ist im Schuppen eingesperrt, und der blöde Lorentz hat mein Loch unterm Zaun zugenagelt!

Ich sach ma, jetzt stecken der Boss und ich aber mächtig in der Klemme.

Na ja … zugegeben: Kasimir noch mehr als ich.

Was soll ich denn jetzt machen?

Erst mal setz ich mich hin. Im Sitzen kann ich immer besser nachdenken.

Aber diesmal nützt es nix. Mir fällt einfach nix ein, was ich tun könnte, um Kasimir aus der Patsche zu helfen.

Ich schließe die Augen und denke ganz angestrengt nach. Da fällt mir plötzlich Opa Schulze ein. Der hat öfter so einen Spruch aufgesagt: Wenn du denkst, es geht nicht mehr, kommt irgendwo ein Lichtlein her.

Ist schon echt 'ne komische Type, der Opa Schulze. Ich hab mich immer gefragt, was das für'n Spruch sein soll, mit dem Lichtlein und so. Aber plötzlich kapier ich es! Mit einem Mal wird mir klar, was er damit gemeint hat. Denn plötzlich höre ich vorn auf der Straße Linnas Auto. Und das fühlt sich tatsächlich so an wie ein Lichtlein im Dunkeln.

Ich springe auf und quetsche mich durch die Katzenmopsklappe.

Als ich in den Flur schieße, schließt Linna gerade die Wohnungstür auf.

»Hallo, Kleiner!«, sagt sie zu mir und hockt sich hin, um mir die Ohren zu kraulen.

»Ähm … Linna, du weißt ja, dass ich da normalerweise total drauf stehe, aber jetzt gerade gibt's ein Problem, um das du dich vielleicht kurz kümmern müsstest. Der Kasimir …« Ich laufe zur Terrassentür.

Linna sieht mir traurig hinterher. »Ach, herrje«, seufzt sie. »Jetzt will sein Hund auch schon nichts mehr von mir wissen.«

»Nee!«, sage ich schnell. »Nee, nee! Das war doch gar nicht so gemeint! Komm doch mal mit raus, Linna. Ich zeig dir, wo Kasimir ist. Ich denk, der braucht wohl deine Hilfe. Weil … Also, der Tunnel unterm Zaun ist zu und …«

Aber sie dreht sich um und geht ins Schlafzimmer, wo sie wie jeden Tag, wenn sie zurück ist, in bequeme Klamotten wechselt. Na, ich aber hinterher! Während ich um sie rumwusele, lacht sie leise und sagt: »Willst mich wohl auf andere Gedanken bringen, was?«

Dabei warte ich doch nur darauf, dass sie endlich ihre Jeans zuknöpft und mit mir raus in den Garten kommt.

Aber dummerweise kapiert sie das nicht.

Linna scheint überhaupt nicht im Sinn zu haben, bei dem schönen Wetter rauszugehen. Stattdessen lässt sie sich aufs Sofa plumpsen und schlägt die Füße unter. Au weia! Ich ahne Schlimmes! Und tatsächlich greift sie schon im nächsten Augenblick zum Telefon.

»Hi, Amelie!«, sagt sie nach ein paar Sekunden. »Ich bin's.« Und dann seufzt sie sehr schwer. »Nein, er ist gestern Abend noch mal hier gewesen und hat den Rest seiner Klamotten geholt. Gesprochen haben wir aber nicht mehr viel. Ich glaub, er ist jetzt auch ein bisschen sauer. – Ja, ja, sicher hab ich recht. Aber ich hab heute Nacht ziemlich lange nachgedacht und …«

»Linna!«, belle ich. »So geht das nicht! Du kannst jetzt nicht so ein eeendloses Pläuschchen mit der Amelie einlegen. Der Kasimir sitzt doch drüben im Schuppen fest!«

»Schscht, Kalle!«, raunzt Linna mich an. Und dann sagt sie in den Hörer: »Ja, der ist noch hier, wie du hörst. Mads' Mutter will ihn nicht im Haus haben. – Ach, Quatsch! Was kann denn der Hund dafür? Der ist doch einfach nur lieb.«

Der Hund bin wahrscheinlich ich. Oooch, sie findet mich einfach nur lieb! Ach, Linna, ich find dich auch … Aber jetzt mal im Ernst: Wir müssen endlich rüber und Kasimir befreien!

»Nein, natürlich will ich jetzt nicht so tun, als wäre nichts passiert. Schließlich hab ich ihn doch vor die Tür gesetzt. Aber, Amelie, ich kann doch meine Gefühle nicht einfach so abstellen. Es hat sich einfach … Es hat sich doch immer so gut und richtig angefühlt mit ihm …« Linnas Stimme klingt ein bisschen weinerlich.

Nachdem ich dreimal zur Katzenmopsklappe gelaufen bin, ohne dass sie auch nur hingesehen hat, fahre ich schwerere Geschütze auf.

Ich laufe zum Sofa und fixiere die richtige Stelle ihrer Jeans. Dann packe ich zu.

»Kalle!«, quietscht Linna erschrocken, als ich an ihrem Hosenbein zu zerren beginne. Ich knurre und versuche sie Richtung Terrassentür zu lotsen, aber Linna schüttelt mich einfach ab und sagt zu Amelie: »Keine Ahnung, was in ihn gefahren ist. Irgendwie ist er außer Rand und Band. Eigentlich soll Kasimir ja mit ihm spielen, aber der scheint irgendwo draußen zu sein.«

»Ganz genau!«, rufe ich. »Nur dass er nicht irgendwo da draußen ist, sondern in diesem Schuppen von diesem fiesen, verdächtigen Lorentz festsitzt. Und wer weiß, wie lange der wegbleibt! Und wer weiß, was passiert, wenn er zurückkommt und Kasimir doch noch entdeckt?!«

Doch Linna schüttelt nur den Kopf und dreht sich weg von mir, sodass sie mich nicht mehr vor sich auf und ab hüpfen sieht. Es ist zum Verzweifeln.

Da fällt mein Blick plötzlich auf ein kleines graues Dings unter dem Esszimmertisch.

Ich stürze los und greife es mir. Und dann flitze ich zweimal ums Sofa, sodass Linna ganz sicher mitbekommen muss, was für eine Beute ich da gefunden habe.

Und tatsächlich! Endlich funktioniert es!

»Oh nein, Kalle! Nicht die Rappelmaus! Das ist Kasimirs Lieblingsspielzeug. Gib's wieder her!«, ruft sie und sagt dann hektisch zu Amelie. »Hör mal, melde dich doch später noch mal, wenn du wieder zu Hause bist. Dann können wir in Ruhe weiterreden. Ich muss mich mal kurz um diesen wild gewordenen Mops kümmern. – Ja, okay, tschüss!« Während sie den

Telefonhörer hinlegt, beugt sie sich schon vor und streckt die Hand nach mir aus.

»Na, komm schon, Kalle, gib mir die Rappelmaus!«

Doch ich weiche Schritt für Schritt vor ihr zurück.

Linna steht langsam auf und folgt mir Meter für Meter. Bis ich mit dem Hintern an der Katzenmopsklappe stehe. So rum hab ich das noch nie versucht. Aber als ich einmal kräftig gegen die Klappe drücke, stell ich fest: So geht's auch!

Ich renne über die Terrasse und höre, wie Linna hinter mir die Tür aufreißt und mir folgt.

Bis zum Zaun komme ich, ehe sie mich einholt.

»Kalle!«, sagt sie streng und fasst mich am Fell. Allerdings längst nicht so grob wie Lorentz. »Gib mir jetzt sofort die Rappelmaus wieder! Wenn du die kaputtmachst, ist Kasimir bestimmt total traurig und ...« Dann verstummt sie.

Aha! Ahaaa! Jetzt hat sie's kapiert! Jetzt fällt ihr nämlich auf, dass Kasimir auch im Garten weit und breit nicht zu sehen ist. Ich spucke ihr die angesabberte Maus in die Hand. Sie hält sie mit spitzen Fingern am Stoffschwanz und richtet sich auf. Langsam sieht sie sich im Garten um.

»Du musst hier drüben gucken, Linna!«, sage ich und stelle mich mit den Vorderpfoten am Zaun hoch.

Linna sieht zuerst mich verwundert an. Dann schaut sie über den Zaun. Und dann hören wir es beide: das unverkennbare Maunzen, das nur einem gehören kann ...

»Kasimir!?«, entfährt es Linna, und sie sucht mit den Augen die Büsche und Blumenbeete auf der anderen Zaunseite ab.

Es dauert einen Moment, bis sie das rot-weiße Leuchten hinter den dreckigen Fensterscheiben erkennt.

»Ach, du meine Güte!«, rutscht es ihr raus. Und dann macht sie was total Cooles: Sie klettert einfach über den Zaun. Rappzapp ist sie drüben! Niiie im Leben würde ich das können!

Jetzt braucht sie nur noch die Schuppentür aufzumachen, und Kasimir ist wieder frei.

Aber als Linna am Schuppen ankommt, hält sie verwundert inne. Denn sie sieht zum ersten Mal, dass die Tür bombensicher mit drei gewaltigen Schlössern verriegelt ist.

19. Kapitel – Kasimir

Es ist auf alle Fälle von Vorteil, einen Assistenten zu haben.

Während der scharfsinnige Ermittler riskante Wagnisse eingehen muss, eignet sich so ein Assistent hervorragend dazu, Hilfe zu organisieren, falls mal etwas nicht ganz nach Plan läuft.

Genau das ist nämlich passiert. Als ich Kalle vor dem Schuppen bellen gehört habe, ist mir gerade noch Zeit geblieben, mich hinter der großen Maschine zwischen der Wand und einem schmalen Regal zu verstecken. Ich konnte Lorentz draußen herumkrakeelen und Kalle bellen und knurren hören. Dann ist Lorentz im Schuppen erschienen. Ich hatte gehofft, er würde nun das Geheimnis um die Maschine und den Koffer lüften, aber da hatte ich mich leider getäuscht. Er hat in einer Ecke herumgekramt, ein Brett und einen gewaltigen Hammer hervorgezogen und ist wieder verschwunden. Ich habe ihn hämmern gehört und bin gerade auf dem Weg hinaus gewesen, als sich seine Schritte schon wieder genähert haben. Also wieder ins Versteck.

Lorentz hat aber nur den Hammer zurückgelegt, sich den Koffer geschnappt und ist verschwunden – aber leider erst, nachdem er die Schlösser an der Tür sorgfältig abgeschlossen hat.

Seitdem sitze ich hier am Fenster und hoffe, dass ich irgendwen auf mich aufmerksam machen kann.

Bis ich plötzlich nebenan Linna aus unserem Haus stürmen sehe. Und so, wie sie sich verhält und wie sie immer wieder zu Boden schaut, liegt der Verdacht nahe, dass Kalle bei ihr ist.

Meinem Assistenten gelingt es tatsächlich, Linna auf den Nachbargarten aufmerksam zu machen! Und dann … ja, dann entdeckt sie mich hier am Fenster.

Als ich sie über den Zaun klettern sehe, wird mir ganz leicht ums Herz. Ach, meine Linna! Ihr Einsatz beweist doch mal wieder: Wir gehen wirklich miteinander durch dick und dünn!

Doch mein Hochgefühl erhält rasch einen Dämpfer, als ich sie vergeblich an der Tür rütteln höre. Natürlich. Die Schlösser sind auch für eine geschickte Zweibeinerin wie meine Linna nicht so einfach zu überwinden.

»Kasimir?«, ruft sie durch die schmale Ritze der Tür.

»Mau!«, mache ich. Alles andere würde sie sowieso nicht verstehen.

»Ja, was machst du denn da drinnen?«, will sie wissen.

Ich rolle mit den Augen. Dass sie das immer wieder macht: Fragen stellen, von denen sie doch genau weiß, dass ich sie ihr nicht adäquat beantworten kann.

Statt also zu einer langen Erklärung anzusetzen, wie Kalle es vielleicht versuchen würde, mache ich einfach noch mal: »Mau?! Mau!«

»Na, warte mal. Das werden wir gleich haben …«, höre ich Linna eher zu sich selbst murmeln.

Es klingt, als würde sie an einem der Schlösser herumfummeln.

Und dann höre ich plötzlich eine scharfe Stimme: »Dürfte ich bitte wissen, was Sie da treiben?«

Das Schloss schlägt gegen die Schuppentür.

»Hoppla!«, lacht Linna. »Jetzt haben Sie mich aber erschreckt. Hallo, Herr Lorentz!«

»Was machen Sie hier auf meinem Grundstück?«, blafft

Lorentz sie an. »Das ist Hausfriedensbruch! Das müsste Ihr Freund eigentlich wissen.«

»Aber … aber ich –«, stammelt Linna.

»Und was haben Sie an meinem Eigentum zu schaffen?«, pfeffert Lorentz gleich hinterher, ohne abzuwarten, was sie sagen will. »Ich habe doch genau gesehen, wie Sie versucht haben, die Schlösser zu knacken.«

»Die Schlösser?«, wiederholt Linna, immer noch ganz verwirrt. »Ja, sicher … Ich wollte doch nur … Mein Kater ist da drinnen eingesperrt.«

Jetzt ist es an Lorentz, sprachlos zu sein.

»Ihr …?«

»Mein Kater«, wiederholt Linna. »Kasimir. Sicher waren Sie im Laufe des Vormittags mal im Gartenhaus?. Da muss er irgendwie reingeschlüpft sein. Sie haben es nicht gemerkt und haben ihn versehentlich eingeschlossen.«

Nun scheint sie sich gefangen zu haben. Ihre Stimme klingt wieder fest und energisch wie immer.

»Kater«, höre ich Lorentz leise murmeln.

»Ja. Bloß gut, dass Kalle mich aufmerksam gemacht hat«, erzählt Linna. »Das ist unser … der Hund meines … ähm … der Mops eben.«

»Der Hund«, brummelt Lorentz.

»Ganz recht«, sagt Linna.

Und als nichts weiter geschieht, setzt sie hinzu: »Könnten Sie jetzt bitte die Schlösser aufschließen und meinen Kater rauslassen?«

Wieder ist es einen Augenblick still. Dann sagt Lorentz: »Treten Sie ein paar Schritte zur Seite.«

Dann klappern die Schlösser, während er eines nach dem anderen aufschließt. Die Klinke wird niedergedrückt, und die Tür öffnet sich einen schmalen Spalt.

Ich schlüpfte hindurch und rasch an den Beinen von Lorentz vorbei.

»Kasimir«, ruft Linna mit ihrer lieblichen Lockstimme. Tatsächlich steht sie zwei Meter neben dem Schuppen und hockt sich jetzt hin, um mich in Empfang zu nehmen.

Ich schmiege mich an ihre Knie, und sie hebt mich auf den Arm.

Lorentz beobachtet uns misstrauisch. Die Tür zum Schuppen ist bereits wieder fest verschlossen, die Schlösser sind eingerastet.

»Na, da ist er ja, der kleine Ausreißer«, sagt er mit öliger Stimme, die jedoch weder mich noch Linna täuschen kann.

»Ich glaube, diesmal nehme ich lieber den längeren Weg vorneherum. Wer weiß, ob meine Jeans die Kletterpartie ein zweites Mal aushält«, entscheidet Linna. »Danke für die Mühe. Und bitte entschuldigen Sie noch mal.«

»Aber nicht doch«, erwidert Lorentz schleimig. Offenbar ist ihm sein Aufbrausen nun ein wenig peinlich. »Ich muss mich entschuldigen, dass ich Sie erst so angefahren habe. Aber heutzutage weiß man schließlich nie …«

Linna lächelt ihn beherrscht an.

»Ich bringe Sie noch zur Gartenpforte«, sagt Lorentz. Und das tut er dann tatsächlich.

Als Linna, mit mir auf dem Arm, über den Bürr-gerr-steig hinüber zu unserem Haus geht, kann ich über ihre Schulter noch sehen, wie er durch seine Haustür verschwindet.

20. Kapitel – Kalle

»Komischer Vogel, dieser Nachbar«, sagt Linna und schüttelt noch mal den Kopf, als sie Kasimir auf der Arbeitsfläche in der Küche absetzt und ihm eine neue Dose mit Futter öffnet. Duftet köstlich!

»Ähm … ich hab vorhin das ›Wer zuerst blinzelt, verliert!‹-Spiel gegen mich selbst gewonnen«, sage ich. »Ich hätt also auch was verdient.«

Linna sieht mich einen Moment lang nachdenklich an, und dann häuft sie einen kleinen Löffel voll mit Kasimirs bestem Futter in meinen Napf. Geil!

Ich nehm mir vor, es ganz langsam zu schlecken und diesen ganz besonderen Geschmack laaange auszukosten. Aber als ich den ersten Happen nehme, geht's einfach mit mir durch.

»Kalle, du lernst es nie«, murmelt Kasimir von der Arbeitsfläche herunter, als eine Sekunde später mein Napf blitzblank ist.

Ich seufze wohlig. »Lecker!«

Linna, die mir zugesehen hat, lacht und geht hinüber an den Tisch, an dem sie und Mads immer essen. Sie verteilt jede Menge Papierkram darauf, den sie in zwei großen Tüten mit nach Hause gebracht hat. Und als sie das alles so betrachtet, seufzt sie auch – aber ganz anders als ich gerade eben.

»Wisst ihr, was das Allerbeste daran ist, eine Katze oder ein Hund zu sein?«, fragt sie uns. »Ihr müsst niemals, nicht ein einziges Mal in eurem Leben, die Steuer machen.«

»Stimmt«, antworte ich. »Ich weiß nicht mal, was das ist. Aber dafür ermitteln wir rum und lösen superspannende Extremfälle. Tun wir doch, Kasimir, oder?«

Kasimir, der die ganze Zeit noch an seinem Futter herumgeschleckt hat, setzt sich hin und putzt sich das Gesicht.

Er hat schon wieder diesen speziellen Nachdenkblick drauf.

»Kalle, ich sag dir was. Wir müssen noch mal rüber«, erklärt er mir dann.

»Was?«, mache ich, während ich mir immer noch die Schnute lecke. Mmmh! Katzenfutter ist echt das Größte.

»Rüber!«, wiederholt Kasimir. »Wir müssen heute noch die Beweise sichern, denn morgen soll die Übergabe stattfinden. Das hat vorhin Triefauge zu Lorentz gesagt.«

Hm. Ehrlich gesagt bin ich davon nicht so begeistert. Einmal Ärger am Tag reicht mir eigentlich. Andererseits hat Kasimir natürlich mal wieder recht: Bis morgen ist echt nicht mehr viel Zeit. Eigentlich nur noch heute.

»Lorentz ist gerade im Haus verschwunden«, erklärt Kasimir mir. »Vielleicht sind wir eine Weile sicher vor ihm. Wir müssen es einfach schaffen!«

»Und Linna?«, frage ich, während sie gerade einen großen Ordner aufschlägt.

»Steuer machen dauert lange«, weiß Kasimir. »Und damit ist sie vollauf beschäftigt. Komm, wir machen uns an die Arbeit.«

Die Terrassentür steht noch weit offen. So können wir einfach lässig durchspazieren.

»Keinen Unsinn machen, Jungs!«, ruft Linna uns noch nach. Doch sie starrt dabei auf den Papierwust vor sich.

Als wir zum Zaun kommen, fällt es mir wieder ein: »Ach, Mensch, Kasimir, ich kann ja gar nicht rüber. Mein schöner Tunnel ist zu. Da ist ein Brett vor. Soll ich einen neuen graben?«

Kasimir beguckt sich den Eingang zu meinem Tunnel, der jetzt leider total nutzlos ist.

»Dauert zu lange«, murmelt er dann. »Ich hab einen besseren Plan: Diesmal versuche ich es mit dem Graben, und du schiebst vorne am Zaun Wache und passt auf, ob Lorentz aus dem Haus kommt.«

»Alles klar, Boss!«, rufe ich und wetze nach vorn, um Position zu beziehen. Als ich mich umdrehe, sehe ich gerade noch, wie Kasimir vom Zaun aus in den Nachbargarten springt. Ich bin echt froh, dass wir vorhin noch mal mit einem blauen Auge davongekommen sind. Das hätte auch schiefgehen können. Und deswegen werd ich jetzt scharf aufpassen, damit mir echt nix entgeht.

Ich sitze am Zaun und starre durch eine der Ritzen rüber zu Lorentz' Haus. Das Blinzel-Spiel lass ich jetzt besser weg. Das ging ja beim letzten Mal irgendwie schief.

Wenn ich meine Ohren ganz steil aufrichte, so steil es eben geht, kann ich weiter hinten im Garten Geräusche hören. Schaben. Und Erde, die in kleinen Brocken durch die Luft fliegt und wieder landet. Kasimir ist also mächtig dabei.

Na, ich aber auch!

Alle meine Sinne sind voll darauf konzentriert, auch die kleinste, winzigste Spur vom verdächtigen Lorentz wahrzunehmen. Sobald ich irgendwo auch nur ein Fitzelchen von ihm entdecke, einen Hauch erschnuppere oder ein minikleines Tönchen erlausche, werde ich einen so megalauten Spezial-Alarmbeller loslassen, dass die Zaunbretter wackeln!

Genau das werde ich tun!

Genau das!

Eines meiner Ohren dreht sich in die andere Richtung. So was kann mal passieren, quasi ganz gegen meinen Willen. So was ist Instinkt. Und der teilt mir gerade mit, dass sich auf der Straße das leise Klirren einer Hundemarke an einem schicken glänzenden Kettenhalsband nähert. Und keiner braucht mir zu sagen, wem dieses Halsband gehört!

Ich starre weiterhin durch die Zaunritze zum Nachbarhaus rüber.

Das leise Klirren kommt näher.

Dazu sind jetzt auch Schritte von einem Zweibeiner zu hören und das leise Ticken, das elegante Hundemädelpfoten mit ihren Krallen auf dem Bürgersteig machen.

Lorentz ist nicht zu sehen. Weit und breit ist er absolut nicht in Sicht.

Sicher würde es nix ausmachen, wenn ich ganz kurz … nur für zwei, drei Sekunden …?

Ich haste zum Zaun an der Straße und presse meine Nase in eine Ritze.

Ooooaaah! Jaaa! Das ist SIE!

Amanda!

Ich kann sie schon riechen, obwohl sie noch gut zehn Schritte entfernt ist. Au Mann, riecht die gut! So ein bisschen nach Leder und nach sonnenwarmem Fell und nach den feinsten Leckerbissen und …

Näher und näher kommt sie. Dann ist sie auf meiner Höhe.

Wahrscheinlich wird sie gleich vorbei sein. Doch da stutzt sie und hält an.

Röchel, röchel, macht Amanda und schnuppert in Richtung meiner Zaunritze. »Wer is'n da?«

Oh Mann, ich flipp aus! Sie spricht mit mir!

»Kalle«, antworte ich schnell. »Ich heiß Kalle. Wir sind uns neulich schon mal begegnet. Ich bin der …«

»… der kleine Schwarze mit dem sexy Hintern!«, unterbricht Amanda mich.

»Ähm …«, mache ich.

Sie lacht. »Du bist echt'n Schnuckelchen. Wat treibst'n du da hinter dem Zaun, hm? Willst du nich ma ans Gartentor kommen und richtig Hallo sagen?«

Irgendwie bleibt mir echt die Luft weg. Sie ist so … soo …

»Geht nicht«, keuche ich. »Ich bin im Dienst. Muss aufpassen, dass der verdächtige Nachbar nicht aus seinem Haus kommt. Weil wir nämlich Ermittler sind. So richtig mit Obsession und so. Und mein Boss wühlt gerade hinten im Garten nach Beweisen. Und ich muss ihn warnen, falls sich hier was tut.«

»Coooool!«, haucht Amanda. Ich kann durch den Zaun ihr eines Auge sehen, das mich anblinzelt. »Du bist ja 'n richtig heißer Typ!«

»Ach … na ja …«, murmle ich.

Durch die Zaunritze sehe ich, wie Amanda plötzlich die wunderschön schlappigen Ohren spitzt. Sie stemmt sich am Zaun hoch und schaut in den Nachbargarten.

»Der Kerl, den du beschatten sollst, geht gerade den Gartenweg hinterm Haus lang«, flüstert sie dann.

»Was?« Ich fahre herum. Dann rufe ich ihr noch ein »Danke, bis bald!« zu und rase am Zaun entlang zur Grundstücksrückseite.

»Kasimiiiir! Er kooommt!«, brülle ich.

21. Kapitel – Kasimir

»Kasimiiiir! Er kooommt!«

Das ist Kalle!

Und er klingt, als wäre er in heller Panik.

Ich schaue auf und sehe Lorentz den Weg vom Haus herkommen. Noch hat er mich nicht gesehen. Noch steuert er auf den Schuppen zu.

Deswegen nutze ich die wenigen Sekunden, die mir verbleiben, bis er mich entdecken wird. Denn ich bin ganz kurz davor!

Ich habe mich wirklich nicht gerade geschont, sondern habe gegraben, was meine Pfoten hergaben.

Und jetzt kann ich es bereits spüren. Unter den weichen Ballen meiner Vorderpfoten fühle ich etwas in der Erde. Ich kann auch etwas sehen. Noch erdverschmiert und feucht, aber es sieht aus wie Papier. Festes, leicht farbiges Papier in Grün- und Brauntönen.

»Kasimiiiirrr? Hast du gehööört?«, krakeelt Kalle auf der anderen Zaunseite.

Lorentz hebt den Kopf und schaut zu ihm rüber. Und dann … entdeckt er mich.

Ich schätze schnell ab. Noch fünfzehn Meter ist er entfernt. Zehn Sekunden also maximal.

Meinen Ekel vor der schmierigen, feuchten Erde überwindend, packe ich beherzt zu. Pah! Schmeckt scheußlich!

Nach der ersten Schrecksekunde kommt Lorentz nun mit der lächerlichen Höchstgeschwindigkeit, zu der Zweibeiner in der Lage sind, auf mich zugeschossen.

Aber ich habe, was ich will.

Die Beweisstücke mit meinem scharfen Raubtiergebiss fest umschlossen, jage ich zum Zaun.

Lorentz knapp hinter mir.

Ich springe ab. Kurz berühren meine Pfoten die Zaunkante. Doch ich halte nicht inne, sondern stoße mich ab und lande schwungvoll auf der anderen Seite – in unserem Garten.

»Waaahnsiiinn!«, trompetet Kalle und rast hinter mir über den Rasen. Ohne zu bremsen, sausen wir direkt durch die offene Terrassentür.

Linna, die immer noch mit dem Rücken zu uns am Tisch sitzt und über den Steuerunterlagen brütet, dreht sich erschrocken auf ihrem Stuhl herum, als wir hereingeschossen kommen.

Ich schaffe es natürlich, mitten im Wohnzimmer anzuhalten. Aber Kalle ... na ja. Obwohl er alle vier Pfoten Richtung Parkettboden stemmt, donnert er gegen mich, und gemeinsam rutschen wir über den glatten Boden, um direkt zu Linnas Füßen zu landen.

»Sagt mal, was veranstaltet ihr denn hier für einen Radau?«, fragt sie amüsiert.

Genau in dem Moment, in dem ich die Beweisstücke auf den frisch geputzten Boden spucke.

»Igitt!«, macht Linna. »Was schleppst du denn da an, Kasimir? Was ist ...?« Sie bricht ab.

Langsam beugt sie sich herunter, den Blick krampfhaft auf die herumliegenden Papierstücke geheftet. Sie nimmt eines davon hoch. Dann noch eines. Dann noch eines.

Dann sieht sie mich an. »Kasimir«, flüstert sie. »Woher kommt das? Hast du etwa ...?« Ich recke meinen Schwanz in die Höhe und schnurre.

Linna sammelt alle Scheine ein, die ich mit reingebracht habe.

Völlig verwirrt betrachtet sie das Papier. Mit den Fingern reibt sie den Schmutz herunter und nimmt auch eins von den Tüchern, die sie immer in der Tasche trägt, zu Hilfe.

Doch plötzlich stutzt sie. Sie kneift die Augen zusammen und schaut noch mal genauer hin. Dann geht sie hinüber zum Fenster und hält einen der Scheine gegen das Licht. Sie studiert ihn intensiv, nimmt ihn wieder herunter und wendet ihn hin und her.

Da scheint ihr etwas einzufallen, und sie läuft rasch zu ihrer Tasche, die immer an der Garderobe im Flur hängt. Sie holt das kleine Ledermäppchen heraus, in dem sie ihre eigenen Scheine aufbewahrt, und zieht einen heraus. Dann vergleicht sie ihren eigenen Schein mit dem, den ich aus Lorentz' Garten mitgebracht habe.

»Das ist ja … unglaublich …«, flüstert sie.

»Wie jetzt?«, meldet Kalle sich neugierig, der ihr die ganze Zeit mit offenem Maul zugeschaut hat. »Was ist unglaublich?«

In diesem Augenblick schellt es an der Tür.

Linna erstarrt.

Auf leisen Sohlen schleicht sie zum Fenster und späht an den langen Vorhängen vorbei hinaus. Ich laufe zu ihr und springe auf die Fensterbank.

»Kasimir, nicht!«, wispert sie mir zu. Doch ich habe schon gesehen, was ich wissen will: Vor der Tür steht Lorentz.

Und drückt gerade noch einmal auf den Klingelknopf.

Sein Blick wandert an der Hauswand entlang. Ich springe rasch wieder zu Boden. Maximal kann er noch meinen schönen buschigen Schwanz gesehen haben.

Linna jedenfalls duckt sich auch unters Fenster.

Dann sieht sie zur Terrassentür. Sie stürzt hin, schließt die Tür, so leise es geht, und verriegelt sie von innen.

»Oh Gott!«, murmelt sie leise. »Oh Gott! Was mach ich denn jetzt?«

Kalles Augen drohen vor lauter Aufregung aus ihren Höhlen zu fallen. Er sitzt wie festgenagelt neben dem Tisch. Mir selbst fällt, ehrlich gesagt, gerade auch nichts ein. Dass Lorentz verdammt unangenehm werden kann, haben wir ja schon erfahren. Aber was wäre erst, wenn er die beiden grobschlächtigen Leibwächter von Triefauge zu Hilfe ruft? Gegen diese Halunken könnte Linna allein nicht viel ausrichten.

Plötzlich springt Kalle auf und rennt aus dem Zimmer.

Linna nimmt es scheinbar gar nicht wahr, denn sie starrt immer noch abwechselnd zur Wohnungstür, zur Terrasse und auf die Scheine in ihrer Hand.

Doch dann ist ein Schleifen und Zerren aus dem Flur zu hören.

Als Linna und ich beide hinsehen, erscheint zunächst das wenig ästhetische Hinterteil vom schwarzen Mops. Und dann er selbst. Die Schnauze hat er eisern geschlossen um den Griff des kleinen Koffers, den Mads einfach neben dem Schrank stehen gelassen hat.

Kalle zerrt so lange an dem kleinen, aber schweren Koffer, bis er mitten im Wohnzimmer und direkt vor Linnas Füßen liegt.

Linna sieht ihn fassungslos an.

»Ist zwar kein Quasseldings drin«, schnauft Kalle. »Aber vielleicht können wir damit ja trotzdem Verstärkung rufen?«

Und als hätte Linna ihn tatsächlich verstanden, geht sie zum Telefon und drückt eine einzelne Taste.

»Ja, ich bin's«, sagt sie nach ein paar Sekunden leise. »Nein, Mads, ich rufe wegen was ganz anderem an. Ich glaube … Ich fürchte …« Und dann erzählt sie ihm mit bebender Stimme alles, was passiert ist, seit er das letzte Mal hier war. Dass ich im Schuppen eingesperrt war und Lorentz sich so seltsam verhalten hat. Von den Scheinen, die ich ausgebuddelt und mit nach Hause gebracht habe. Davon, dass sie einen von diesen Scheinen mit ihrem eigenen verglichen hat. Und dass Lorentz vielleicht immer noch vor unserer Tür steht und reinwill.

Dann lauscht sie angespannt in den Hörer und sagt zwischendurch immer mal: »Okay. – Ja. – In Ordnung!«

Ganz am Ende sagt sie: »Mads? Bitte beeilt euch, ja?!« Dann legt sie auf.

»Er kommt!«, sagt sie dann zu uns. Und vielleicht ist in ihrer Stimme nicht nur die Erleichterung darüber zu hören, dass wir diese vertrackte Situation nun nicht allein lösen müssen, sondern auch ein wenig Sehnsucht.

Kalle hechelt glücklich.

»Wenn Mads gleich herkommt, können wir doch heute Abend endlich mal wieder zusammen abhängen«, sagt er träumerisch.

Und aus irgendeinem Grund bringe ich es nicht über mich, ihm zu sagen, dass ich glaube, daraus wird nichts.

Es dauert eine ganze Weile, bis sich vor dem Haus endlich etwas tut. Lorentz steht natürlich schon längst nicht mehr vor unserer Tür. Auf der Terrasse ist er aber auch nicht aufgetaucht.

Als ich eben versucht habe hinauszugehen, um nachzuschauen, ob er in den Schuppen zurückgekehrt ist, hat Linna sich mir in den Weg gestellt.

»Auf keinen Fall verlässt einer von euch jetzt die Wohnung!«, hat sie streng gesagt.

»Mist!«, hat Kalle geschnauft. »Ich muss nämlich mal –«

»Schscht!«, habe ich ihn unterbrochen und meine feinen Ohren in Richtung Straße gedreht. Und ich habe richtig gehört: Da halten Autos. Nicht nur eines.

Linna hat es auch gehört und läuft zum Fenster. Fast im selben Augenblick klingelt es wieder an der Tür.

Sie stürzt hin, drückt auf den Öffner und reißt auch schon die Wohnungstür auf.

Mads kommt die drei Stufen heraufgestürmt, wirft die Arme um Linna, und sie schluchzt: »Wie gut, dass du da bist!«

Einen Augenblick stehen sie einfach so da. Doch dann fällt

ihnen vielleicht ein, dass Mads ja gar nicht mehr hier wohnt und solche Kuschelei daher auch nicht mehr angebracht ist.

Sie räuspern sich beide. Mads lässt Linna los, und sie treten beide einen Schritt zurück.

»Wo … ähm … sind denn deine Kollegen?«, will Linna verlegen wissen.

»Oh … hrrrm … schon nebenan, denke ich.« Mads klingt ein wenig heiser. »Rainer war komplett von den Socken, als ich gerade zu ihm ins Büro gestürmt kam. Sieht echt so aus, als wäre das genau der Falschgeldring, dem sie schon eine Weile auf der Spur sind. Wie gut, dass er neulich beim Squash mal davon erzählt hat.«

»Ja!«, sagt Linna rasch. »Supergut!«

Mads blickt an ihr vorbei zur Terrassentür. »Komm, wir schauen mal, ob wir mitbekommen, wie es nebenan so läuft.«

Er will Linnas Hand ergreifen, aber sie sieht gerade nicht hin. Und als sie dann schließlich die Hand nach ihm ausstreckt, schaut er nicht mehr hin. Ohne störendes Händchengehalte gehen wir also alle über die Terrasse in den Garten.

Und da können wir auch schon etwas hören: Lorentz, der mit lauter Stimme und unverkennbar wütend mit jemandem spricht.

»Was wollen Sie denn im Garten, verdammt noch mal? Ich hab doch gesagt, Sie können das Haus ruhig auf den Kopf stellen!«

Neben ihm stehen drei Männer. Einer in Jeans und T-Shirt, die beiden anderen in sehr seriös wirkender Polizeiuniform.

»Sollen wir Ihnen den Durchsuchungsbescheid noch mal zeigen?«, sagt der Mann in Jeans. »Der schließt Ihr gesamtes Grundstück mit ein.«

»Das ist Rainer«, flüstert Mads Linna zu.

»Aber was wollen Sie denn hier finden? Ich habe schließlich nichts zu verbergen«, schimpft Lorentz weiter.

»Ach nein? Wieso ist dann Ihr Gerätehaus mit drei Hochsicherheitsschlössern gesichert?«, erkundigt sich Rainer und deutet auf den Schuppen.

Lorentz zögert eine Sekunde, dann sagt er: »Wertvolle Gartengeräte. Es wird eben viel geklaut hier in der Gegend. Da muss man aufpassen.«

Rainer betrachtet demonstrativ die verwilderten Blumenbeete. »Sieht nicht so aus, als kämen die Geräte hier oft zum Einsatz, Herr Lorentz. Also, öffnen sie jetzt bitte die Schlösser für uns.«

»Würde ich ja gerne«, behauptet Lorentz. »Aber ich habe heute Morgen schon festgestellt, dass ich den Schlüsselbund verlegt haben muss …«

»So ein Pech«, erwidert Rainer. »Dann müssen wir die Tür wohl aufbrechen. Würdest du bitte die Brechstange aus dem Dienstwagen holen?« Einer der anderen Männer nickt und geht durch den Garten davon.

Lorentz zetert und flucht. Doch als zwei weitere uniformierte Männer aus dem Haus kommen und einer von ihnen einen Schlüsselbund schwenkt, verstummt er.

Die Männer schließen ein Schloss nach dem anderen auf und öffnen die Tür.

Dann gehen zwei von ihnen hinein, während Rainer mit Lorentz draußen stehen bleibt.

Es dauert nur eine halbe Minute, da erscheint einer der Polizisten wieder und nickt Rainer zu.

»Tja, Herr Lorentz, das sieht schlecht für Sie aus«, sagt Rainer und gibt seinem Kollegen einen Wink. Der greift nach den Handschellen, die an seinem Gürtel baumeln.

»Wieso das denn? Ich hab keine Ahnung! Was immer Sie da drinnen gefunden haben, ich hab keine Ahnung davon. War schon wochenlang nicht mehr im Schuppen!«, krakeelt Lorentz.

Doch Rainer zeigt sich davon ungerührt. »Herr Klaus Lorentz, hiermit verhafte ich Sie aufgrund des dringenden Tatverdachts auf Herstellung und Inverkehrbringen von gefälschten Banknoten. Sie haben das Recht …«

Rainer macht das wirklich toll. Besser hätte ich selbst es auch nicht gekonnt.

Als sein Kollege Lorentz die Handschellen anlegen will, dreht der sich um und sieht uns hier stehen: Mich auf dem Zaun, Kalle auf Mads' Arm und Linna neben ihm.

Plötzlich scheint es richtig mit ihm durchzugehen. »Das waren die!«, brüllt er, und seine Augen rollen wild, während er zu Kalle und mir herübersieht. »Dieser verflixte Köter und dieser Kater! Die haben alles vermasselt! Ich hab gleich gewusst, dass mit denen was nicht stimmt! Ich hab's gleich gewusst!«

»Ja, ja, alles klar. Danke für diesen sachdienlichen Hinweis.«, brummt der Polizist, verdreht die Augen und lässt die Handschellen einrasten. Während er Lorentz vor sich her Richtung Straße schiebt, raunt er grinsend zu Rainer: »Bei dem ist doch 'ne Schraube locker.«

22. Kapitel – Kalle

Oberhammer! Kasimir und ich, wir sind bei einer echten Verhaftung dabei! Und dieser fiese Lorentz ist so was von dran. Ha! Ich könnt echt einen Kusselkopp nach dem andern schlagen!

Rainer und zwei seiner Polizistenkumpel kommen sogar noch auf einen Kaffee zu uns rüber. Also, Mads macht den Kaffee, und Linna erzählt einem der schicken Typen in Uniform, was wir so alles erlebt haben mit diesem verdächtigen Nachbarn.

Während die beiden am Wohnzimmertisch sitzen und der Polizist alles aufschreibt, was Linna so sagt, gehen Kasimir und ich zusammen mit Mads und Rainer raus auf die Terrasse, weil Rainer eine rauchen will.

Mann, ich muss immer niesen, wenn jemand eine raucht. Null Ahnung, was manche Zweibeiner an so was finden.

Rainer guckt sich den Garten an und sagt: »Echt nett habt ihr es hier. Weißt du eigentlich, dass wir quasi Nachbarn sind? Ich wohn nur zwei Straßen weiter.«

»Ach, was?!«, antwortet Mads.

»Ja, du weißt doch, die gute, alte Männer-WG. Aber leider ist mein Mitbewohner letzte Woche ausgezogen. Ihn hat es auch gepackt. Seine Verlobte und er haben ein Häuschen gefunden. Jetzt steht mal wieder ein Zimmer leer.«

Mads sieht ihn nachdenklich an.

»Ein Zimmer steht leer?«

»Jo.«

»Und du suchst einen WG-Kumpel, der möglichst bald da einziehen könnte?«

»Genau.«

»Am besten vielleicht einer, dem deine Schichtdienste nichts ausmachen, weil er das selbst noch von früher kennt?«

Rainer sieht ihn fragend an. »Sprichst du etwa von dir, Alter?«

Mads nickt.

»Aber …?« Rainer sieht unauffällig durchs große Fenster rein zu Linna, die seinem Kollegen gerade noch mal ganz genau erzählt, wie sie das Geld im Wohnzimmer gefunden hat.

Mads räuspert sich. »Tja, weißt du, so richtig wohnen tu ich hier eigentlich gerade nicht. Wir hatten … eine Meinungsverschiedenheit«, sagt er dann langsam.

Rainer grinst. »Verstehe«, sagt er. »Und jetzt suchst du schnell 'ne gute Bleibe. Vielleicht vorübergehend. Vielleicht aber auch für länger?«

»Richtig«, nickt Mads.

»Hast du gerade gefunden, Mann!«, sagt Rainer und hält Mads die Hand hin.

Der zögert kurz. »Und was ist mit Kalle?«

Rainer guckt mich von da oben aus freundlich an. »Männer-WG ist Männer-WG, der darf natürlich mitkommen!«, sagt er und hält Mads erneut die Hand hin. Und Mads schlägt ein.

Cool, so ganze Kerle.

Die beiden tauschen noch ein paar Zettel und tippen in ihren Quasseldingern rum. Dann verabreden sie sich für heute Abend. Da hat Rainer Feierabend. Und Mads hat seine Klamotten von seinen Eltern abgeholt.

Jetzt scheint auch drinnen alles geklärt zu sein. Mads und ich bringen seine Kollegen noch vor die Tür, er verabschiedet sich von ihnen, und wir sehen zu, wie sie in ihre hübschen blau-weißen Autos steigen und wegfahren.

Da kommt auch Linna aus dem Haus, den schmalen Weg bis zu uns auf den Bürgersteig. Sie hält die Arme dabei so komisch steif. Als wüsste sie nicht genau, wohin mit ihnen.

»Und? Wie hast du den ersten echten Einsatz in deinem Leben verkraftet?«, fragt Mads sie.

Linna lächelt schwächlich und zuckt mit den Achseln.

»Du hast es jedenfalls super gemacht. Genau richtig reagiert! Wow!«, sagt Mads und schlenkert auch ein bisschen mit den Armen. So als wollte er einen davon gern um Linnas Schulter legen. Aber er tut es nicht.

»Es gibt gute Neuigkeiten«, sagt er stattdessen. »Ich hab gerade das Angebot für ein Zimmer in Rainers Männer-WG bekommen.«

»Oh toll«, antwortet Linna, sieht dabei aber nicht so aus, als wären das wirklich gute Neuigkeiten. Mads sieht eigentlich auch nicht danach aus. Warum sagt er es dann?

»Wie schön für dich. Dann musst du nicht mehr bei deinen Eltern wohnen«, sagt Linna.

»Ja. Das ist sehr angenehm. Ich kann heute noch rein«, antwortet Mads und zeigt auf mich. »Er darf übrigens auch mit.«

Linna guckt mich auch an.

Aber sie sieht dabei nicht besonders fröhlich aus.

»Seine Näpfe und das Körbchen …«, beginnt sie. Ihre Stimme ist superleise.

»Kann ich auch später noch holen. Ist ja nur zwei Straßen weiter«, sagt Mads. »Also quasi in Rufweite.« Er lacht ein bisschen. Linna lacht nicht mit.

Mads und sie stehen sich gegenüber.

»Tja … dann …«, sagt sie und sieht ihn intensiv an.

»Tja … dann …«, sagt auch Mads und guckt genauso intensiv zurück.

Ich könnt wetten, gleich fallen sie sich wieder in die Arme

und knutschen und so. Aber dann passiert es doch nicht. Menno!

Linna dreht sich plötzlich ruckartig um und verschwindet im Haus.

Mads sieht ihr nach. Dann beugt er sich zu mir runter und hebt mich hoch, um mich an seine breite Brust zu drücken.

Das macht er nicht oft. Aber jetzt hält er mich fest, und wir glotzen beide ein bisschen blöde auf die Haustür, durch die wir schon so viele Male raus- und wieder reingegangen sind.

»Dann wollen wir mal, was, Kalle?«, sagt er leise zu mir.

»Wir kommen aber doch wieder?«, frage ich. »Ich mein, so 'ne Männer-WG ist bestimmt cool und so. Wird bestimmt lustig, für ein paar Tage. Aber, ehrlich gesagt … also, dann würde ich doch lieber wieder bei Linna und Kasimir wohnen.«

Mads starke Hände halten mich ganz sicher, und ich kann seinen Herzschlag hören, weil er mich so eng an sich drückt. »Weißt du, Kleiner«, flüstert er mir zu. »Manchmal läuft im Leben etwas schief, und dann kannst du nicht mehr da sein, wo du eigentlich sein möchtest.«

Ich bin echt baff. Klingt nämlich fast so, als hätte er mich zum ersten Mal verstanden. Auch wenn mir überhaupt nicht gefällt, was er da sagt.

Dann dreht Mads sich um und geht mit mir auf dem Arm zum Auto.

Als er mich auf den Rücksitz setzt, kann ich durch die Scheibe unser Haus sehen. Auf der Fensterbank in der Küche sitzt ein rot-weißer Fleck und guckt zu uns raus.

»Tschö, Kasimir!«, rufe ich. »Wir sehen uns, okay?!«

Aber durch die beiden Glasscheiben verstehe ich seine Antwort leider nicht.

23. Kapitel – Kasimir

Juchuuu, es ist so weit! Die Gäste sind endlich weg. Seit ein paar Tagen wohnen Linna und ich wieder allein.

Ganz allein.

Ohne Mads.

Und ohne Kalle.

Okay, wenn ich absolut ehrlich bin, hatte ich meine unabhängige Zeit ein kleines bisschen anders in Erinnerung. Und vielleicht fühlt es sich gar nicht sooo gut an wie gedacht. Es ist einfach … Mir war nicht bewusst, wie ruhig es hier tagsüber ist. Und unsere schöne Wohnung kommt mir so unglaublich … leer vor. Irgendwie sogar leerer als leer.

Linna verlässt morgens das Haus, und ich warte darauf, dass sie irgendwann am Nachmittag wiederkommt. Abends schauen wir zusammen brandneue Fälle von erfahrenen Ermittlern im Fernsehen an. Aber so richtig spannend ist keiner davon.

Einmal holt Linna die Rappelmaus heraus und fordert mich zum Spielen auf.

Ihr zuliebe mache ich mit und jage und renne ein bisschen. Aber wir hören viel früher wieder auf, als wir es sonst getan hätten. Es macht einfach keinen Spaß, wenn kein Mads über uns lacht und kein glotzender Mops mit offenem Maul zuguckt.

Heute Morgen ist es besonders trist, so allein in der Wohnung zu sein. Vielleicht liegt es daran, dass es jeden Tag ein bisschen fader wird. Jedenfalls weiß ich nicht so richtig, wohin mit mir.

Ich streife von Raum zu Raum. Aber es gibt nirgendwo etwas Spannendes zu entdecken. Ich liege auf der Sofalehne. Aber ich schnurre nicht. Denn das macht keinen Spaß, wenn eh niemand da ist, den ich damit beim Mittagsschläfchen stören könnte.

Also springe ich hinunter und spaziere durch die Katzenmops…, die Katzenklappe, die für einen Kater – auch wenn er so stattlich ist wie ich – eigentlich zu groß ist, hinaus in den Garten.

Ich laufe an den immer noch blühenden Hortensien vorbei. Ich streife mit dem Rücken die Zweige der Büsche an der Nordseite. Dann stehe ich kurz unter dem Fliederbusch und schaue hinauf.

Aber aus irgendeinem Grund habe ich überhaupt keine Lust, raufzuklettern und von dort oben in den Nachbargarten zu sehen.

Ich schlendere am Zaun entlang. Bis ich an das Astloch komme, durch das Kalle immer geguckt hat. Daneben ist die Stelle, an der er das Loch unter dem Zaun durchgebuddelt hatte. Das Loch ist wieder zugeschüttet. Und ich weiß, dass auf der anderen Seite ein Brett davorgenagelt ist.

Der Garten, stelle ich gerade fest, ist alles andere als ein tolles Territorium. Er ist langweilig.

Langsam gehe ich wieder zur Terrasse, schlüpfe durch die Klappe und finde mich schließlich in der Küche wieder.

Mit einem einzigen Satz springe ich auf die Arbeitsfläche. Doch sie ist leer.

Ach ja, richtig. Von hier oben kann ich sehen, dass meine Fressnäpfe wieder unten auf dem Boden neben der Spüle stehen. So wie früher, als noch kein gefräßiger schwarzer Mops hier gelebt hatte, der den Inhalt eines jeden gefüllten Fressnapfs im Nullkommanichts inhaliert hat.

Als ich an den Näpfen vorbeistreiche, stelle ich fest, dass sie absolut unberührt aussehen.

Merkwürdig. Habe ich denn heute Morgen gar nichts gefressen? Das würde das seltsam hohle Gefühl in meinem Magen erklären.

Weil ich nicht weiß, was ich sonst tun soll, springe ich auf die Fensterbank und lege mich dort auf der weichen Decke zurecht, um den Nachbarn zu demonstrieren, dass hier Leute mit Niveau wohnen. Aber ich liege noch nicht lange hier, da ertappe ich mich dabei, wie ich aus dem Augenwinkel nach einem dicken schwarzen Fleck Ausschau halte.

Das ist doch wirklich nicht auszuhalten.

Ich beschließe, auf der Stelle damit aufzuhören.

Es ist einfach vollkommen unpassend für einen vielbeschäftigten Detektiv, Trübsinn zu blasen, nur weil sein … sein … Na, jedenfalls werde ich augenblicklich damit aufhören!

Außerdem hat mein ehemaliger Assistent mit dem immens schlechten Atem bestimmt schon jemand anderen gefunden, an den er sich andocken und dem er auf die Nerven fallen kann.

Ja, ganz sicher ist das so. Er wird wahrscheinlich keinen einzigen Gedanken mehr an mich verschwenden. Und genau das werde ich jetzt auch tun! Ich werde alle Erinnerungen aus meinem superklugen Gehirn tilgen und …

In diesem Augenblick sehe ich, wie am Ende der Straße jemand um die Ecke biegt. Es ist ein Zweibeiner in Begleitung eines großen, schlanken, dunklen Hundes.

Der Hunde schnuppert hier und da an einer Ecke, trippelt geziert weiter und schwingt dabei das Hinterteil.

Ich spüre, wie meine Schwanzspitze ganz von selbst zu zucken beginnt. Ich versuche es zu unterdrücken.

Nein, nein, nein. Das werde ich nicht tun! Nur weil mal für ein, zwei Tage ein bisschen Langeweile aufkommt, werde ich ganz sicher nicht …

Zweibeiner und Hund kommen näher. Nur noch etwa dreißig Meter.

Das wäre wirklich das Allerdümmste, was ein Kater je getan hätte. Nicht nur dumm, sondern auch noch erniedrigend. Es wäre der absolute Tiefpunkt meiner Karriere. Daher kommt es überhaupt nicht infrage.

Nur noch zwanzig Meter.

Wie würde ich auch dastehen! Wenn beispielsweise der Große Weiße das erfahren würde. So was spricht sich rasend schnell herum. Ich könnte mich nie wieder in den Nachbargärten blicken lassen. Wäre das Gespött sämtlicher ansässiger Katzen.

Nur noch zehn Meter.

Neun.

Acht.

Sieben.

Ich springe von der Fensterbank und presche durchs Wohnzimmer. Die Katzenklappe scheppert. Über die Terrasse. Scharfe Kurve an der Hausecke. Der Zaun zur Straße hin ist nicht besonders hoch. Ein einziger Sprung, und schon bin ich oben. Und erkenne mit einem einzigen Blick: Ich bin zu spät! Sie sind vorbei!

»Amanda!«, rufe ich. »Hallo, Amanda! Warte einen Augenblick, bitte!«

Sie hält inne und dreht sich um.

Ehrlich gesagt, finde ich die Anspannung ihrer Glieder, für die Kalle so geschwärmt hat, eher beunruhigend, trotzdem balanciere ich auf dem Zaun auf sie zu.

»Woher weißt'n du, wie ich heiß?«, fragt sie, während ihr Zweibeiner die Leine fester fasst, mit der Hand in meine Richtung wedelt und »Kusch, kusch!« sagt.

»Verzeihung«, entgegne ich. »Natürlich hätte ich mich erst vorstellen müssen. Mein Name ist Kasimir. Ich bin …«

Verwirrt breche ich ab.

»Kasimir?«, murmelt sie. »Rot-weiß gestreift … Redet geschwollenes Zeugs …« Dann wedelt sie plötzlich mit dem Schwanz. »Du bist der beste Freund vom Kalle!«

Das mit dem geschwollenen Zeugs ignoriere ich einfach mal. Gedanklich bin ich sowieso eher stehen geblieben bei den Worten bester Freund.

»Ja«, antworte ich und kann meiner Stimme dabei ein wenig Verwunderung anhören. »Ja, das bin ich.«

»Wow! Dat is ja super, dass ich dich treffe, Kleiner!«, freut sich Amanda, während ihr Zweibeiner sich mit den Fersen in den Boden stemmt und an der Leine zerrt. »Der Kalle hat nämlich gemeint, wenn ich dich zufällig treff, soll ich dir wat von ihm sagen.«

»Kalle lässt mir etwas ausrichten?«, wiederhole ich baff.

Amanda zeigt zwei Reihen gewaltiger reinweißer Zähne. »Tja, sieht so aus, als wäre er scharf drauf, mal wieder mit dir abzuhängen. Das Dumme ist nur: Er kann da nich raus. Ist im ersten Stock. Kein Garten, aus dem er abhauen könnte. Einmal hat er's schon beim Gassigehen versucht. Aber sein Zweibeiner hat ihn eingeholt. Jetzt darf er nur noch an der Leine raus.«

Kalle lässt mir etwas ausrichten? Dass er mich wiedersehen möchte? Und er hat versucht abzuhauen, um mich zu treffen?

Ich muss schlucken.

»Also? Wat is?«, sagt Amanda mit gebleckten Zähnen. »Gehste ma vorbei bei dem Süßen?«

»Ich?«, stammle ich.

Amanda betrachtet mich einen Moment lang kritisch. »Jetzt sach bloß, du bist so'n Stubenhockertyp? Der Kalle hat gemeint, du bist voll cool und hast es total drauf und legst dich mit dreimal größeren Kerlen an. Wie James Bond und so.«

Ich komme natürlich mit weitaus weniger technischen Hilfsmitteln als James Bond aus, aber dass Kalle all das über mich gesagt haben soll, macht mich tatsächlich fassungslos.

So sehr, dass ich erst mal gar nichts erwidern kann.

»Is nich weit«, fährt Amanda fort. »Da vorn umme Ecke, zweite Straße rechts. Das dritte Haus mit dem super Pinkelbaum davor. Ich geh dann ma besser.« Die letzten Worte röchelt sie eher, denn inzwischen macht ihr Zweibeiner Ernst. Er will sie um jeden Preis von mir wegziehen und hat sie am Halsband gepackt.

»Tschüssikowski!«, ruft Amanda noch über die Schulter, als sie schon wieder die Straße entlangtänzelt.

»Wiedersehn«, bringe ich noch heraus. Dann sind die beiden schon um die nächste Ecke verschwunden.

Hier sitze ich nun. Auf dem schmalen Zaun balancierend. Und wohl wissend, dass nun alles von mir abhängt. Von mir und der Entscheidung, die ich jetzt treffen werde.

Zuerst meine ich, dass ich reingehen und die ganze Sache in Ruhe überdenken sollte.

Doch etwas in meiner weisen Katerseele sagt mir: Wenn ich erst einmal diesen schmalen Grat, auf dem ich gerade sitze, verlassen habe, dann gibt es kein Zurück mehr. Weder in die eine noch in die andere Richtung.

Ich starre hinunter auf den Bürr-gerr-steig. Einmal bin ich bereits dort entlanggelaufen. Aber da waren sie alle bei mir: Linna und Mads und Kalle.

Diesmal bin ich allein.

Ich drehe den Kopf und sehe zurück in den vertrauten Garten. Jeden Winkel kenne ich darin. Jede Blume, jedes Beet, jeden Strauch.

Wie einfach wäre es, auf dieser Seite hinunterzuspringen. Ich könnte so tun, als hätte es das kurze Gespräch mit Amanda gar nicht gegeben. Könnte mich dort drinnen auf die Fensterbank legen und ein Schläfchen machen, bis Linna nach Hause kommt. Und vielleicht klappt es heute ja wieder besser, wenn wir versuchen etwas Spaß mit der blöden Rappelmaus zu haben.

Doch während ich ins weiche Gras hinuntersehe, wird mir klar, dass ich das nicht machen kann.

Es gibt manche Dinge, die kann ein Kater nicht tun, wenn er seine Selbstachtung behalten will.

Und im Gegenzug gibt es Dinge, die er tun muss.

Ich hole tief Luft.

Und dann tue ich es.

Mit dem leisen Geräusch von samtweichen Pfoten auf Pflastersteinen lande ich auf dem Bürr-gerr-steig. Eng an den Zaun gedrückt, laufe ich in die Richtung, die Amanda mir gezeigt hat.

Bis zur Ecke komme ich ohne Probleme.

Doch als ich dort angekommen bin, nähert sich ein Auto mit rasender Geschwindigkeit.

Ich presse mich in die Hecke und ducke mich so lange, bis das röhrende, stinkende Ding vorbei ist. Dann laufe ich weiter. Erste Straße auf der rechten Seite. Zweite Straße auf der rechten …

Entsetzt starre ich hinüber.

Zweite Straße auf der rechten Seite. Das bedeutet: Ich muss diese Straße überqueren, wenn ich dort hineinwill.

Was hat Kalle noch gesagt? Kann absolut nix passieren, wenn man nur auf dem Bürr-gerr-steig geht! Was aber ist, wenn ich diese sichere Zone verlasse?

Minutenlang schaue ich angestrengt nach allen Seiten.

Minutenlang traue ich mich nicht, auch nur eine Pfote vom sicheren Bürr-gerr-steig herunterzusetzen.

Aber irgendwann muss ich es schließlich tun. Nun habe ich es so weit geschafft. Bin tatsächlich nicht nur allein vorne raus, sondern auch die Straße entlanggelaufen.

Wenn ich in diese zweite Straße rechts reinschaue, kann ich in etwa dreißig Metern Entfernung auch schon den großen Baum erkennen, den Amanda bestimmt gemeint hat. So, wie ich Kalle kenne, würde er an dem bestimmt rasend gern sein Bein heben. Pinkelbaum passt also.

Direkt hinter diesem großen Baum liegt das Haus. Im ersten Stock sitzt Kalle jetzt gerade allein in der Wohnung und … ja, wahrscheinlich langweilt er sich genauso schlimm, wie ich es in den letzten Tagen getan habe.

Zwischen meinem Assistenten – der seinem Chef ausrichten lassen hat, dass er ihn gerne mal wiedersehen würde – und mir liegen nur noch ein paar Meter.

Also los jetzt!

Ich ducke mich vorsichtshalber und schleiche aus der Hecke über den Bürr-gerr-steig Richtung Straße.

Na los!, sage ich mir selbst. Trau dich! Oder willst du ein oller Stubenhockertyp sein?

Eine Pfote. Zweite Pfote. Beide Hinterpfoten.

Es passiert gar nichts.

Verwundert sehe ich hinunter. Ich stehe mit allen vier Pfoten auf der Straße, und es passiert nichts! Dabei hat Linna doch immer und immer wieder gesagt, wie gefährlich es ist, die Straße auch nur zu betreten, und dass ich das auf keinen Fall tun darf. Was – in drei Katers Namen – soll denn so gefährlich daran sein, auf der Straße zu stehen? Sogar wenn ich ein paar Schritte weiter vorgehe, bleibt es absolut harmlos.

Ich kann doch ganz gemütlich da rüberspazieren und …

Am Ende der Straße taucht ein Auto auf. Mit drei Sätzen bin ich auf der anderen Seite und ducke mich hinter eine niedrige Mauer. Das Auto saust derartig schnell vorbei, dass ich es kaum sehen kann. Aber spüren kann ich es – die geballte Kraft, die darin steckt. Wenn ich mir vorstelle, ich hätte immer noch dort gestanden …

Ich schüttle mich. Doch als ich mich dann umsehe, fällt mir auf: Ich bin da! Ich habe es tatsächlich geschafft! Die zweite Straße rechts liegt vor mir!

Jetzt gibt es kein Halten mehr. Ich renne los und bin in drei Sekunden beim Pinkelbaum angekommen. Ich springe auf die niedrige Mauer und betrachte das Haus dahinter. Es ist höher als unser Haus. Von unten zähle ich vier Etagen. Kalle wohnt mit Mads in der ersten.

Rasch durchquere ich den Vorgarten, der nur aus einer kleinen Rasenfläche besteht, und biege um die Hausecke.

Vielleicht gelingt es mir von der Rückseite aus, Kalle irgendwie auf mich aufmerksam zu machen.

Doch als ich in dem winzigen Garten angekommen bin, sehe ich, dass es noch viel besser ist: Am Haus rankt sich ein kräftiger Efeu hinauf, dessen Stamm so dick ist wie der eines schmalen Baumes. Das sollte reichen!

Mit einem Satz springe ich hoch und kralle mich daran fest. Ich brauche nur ein paar Sekunden, bis ich den Balkon im ersten Stock erreicht habe. Dort gleite ich durch die Streben und schaue mich um.

Von Dekoration scheint Mads' Kollege nicht viel zu halten. Die Blumen in den Balkonkästen sehen aus, als hätten sie schon eine ganze Weile keinen Tropfen Wasser bekommen. Der Stoff auf den beiden aufgeklappten Liegestühlen macht einen recht zerschlissenen Eindruck. Und in der Ecke steht ein großer, runder Grill, von dem es noch nach angekokeltem Fleisch riecht.

Nichts deutet darauf hin, dass hier auch ein Mops wohnt.

Ich schleiche zur Balkontür und spähe hinein. Drinnen sind nur ein paar dunkle Möbel und ein riesengroßer Fernseher zu sehen. Doch da die Tür gekippt ist, höre ich etwas, das mir vertraut vorkommt …

Da ist ein Gefühl in meiner Brust. Ich kann es nicht anders beschreiben: Es fühlt sich an, als würde mein Herz einmal kurz hüpfen.

Wenn mir das jemand vor ein paar Wochen gesagt hätte! Dass ich mich richtig darüber freue, diesen schwarzen Mops schnarchen zu hören!

»Kalle!«, rufe ich durch den Spalt. »Hey, Kalle! Aufwachen!«

Ich höre einen erschrockenen Rülpser, und dann ist es still.

»Kalle?«, frage ich.

Und da knatscht sein Körbchen, und er kommt um die Ecke des Sofas getrottet.

Als Kalle mich hier vor der Tür stehen sieht, hüpft auch er einmal kurz in die Höhe und ist schon an der Scheibe angekommen.

»Kasimir! Wow! Was machst du hier? Wie kommst du hierher? Ist Linna auch da? Nehmt ihr mich wieder mit nach Hause?«, purzelt es aus ihm heraus, und er hechelt begeistert.

»Ho! Ho!«, mache ich. »Das ist ein bisschen viel auf einmal. Also, lass mal sehen … Was ich hier mache? Na, dich besuchen, würde ich sagen. Und wie ich hierhergekommen bin? Tja …« Ich mache eine kleine Kunstpause und betrachte eine meiner Vorderpfoten genau. »Natürlich bin ich vorne raus. Und dann über den Bürr-gerr-steig. Und dann über die Straße. Und …«

»Du bist ganz allein über die Straße gegangen?«, wiederholt Kalle mit kugelrunden Augen. »Du bist ganz allein vorne raus und über die Straße und all das, weil … weil … du mich besuchen wolltest?!«

In sein ungläubiges Staunen mischt sich noch etwas anderes. So etwas wie Rührseligkeit.

»Als Chef trage ich schließlich eine gewisse Verantwortung meinem Assistenten gegenüber«, sage ich deswegen rasch, während er mich mit glänzenden Augen anstarrt.

»Cool«, haucht Kalle.

»Wie geht es der Wunde an deinem Hals?«, frage ich schnell.

»Ach, schon viel besser«, sagt er, doch dann fällt ihm etwas ein, und er sprudelt hervor: »Weiß Linna, wo du bist? Hey, wenn sie weiß, wo du bist, dann kommt sie vielleicht, um dich abzuholen. Und wenn Mads dann auch wieder von der Arbeit zurück ist, treffen die beiden sich bestimmt. Und dann macht es wieder BANG!, und sie sehen sich so irre lang in die Augen und knuddeln sich und …«

Er verstummt, als er mein Gesicht sieht.

»Sie weiß nicht, wo du bist, oder?«, fragt er.

Ich schüttle den Kopf. »Und ich fürchte, selbst wenn die beiden sich wiedersehen, wird es nicht so einfach sein. Linna ist echt sauer auf Mads. Zweibeiner sind da etwas … seltsam. Sie verzeihen sich nicht so schnell.«

Kalle lässt den Kopf hängen.

»Menno …«, sagt er leise.

Obwohl er sich gerade noch so über mich gefreut hat, fällt mir jetzt auf, dass er insgesamt irgendwie verändert wirkt. Nicht nur traurig, sondern auch schmaler.

»Du kriegst doch genug zu essen?«, frage ich, ehe ich darüber nachdenken kann, was ich sage. Meine Güte, das klingt ja fast besorgt.

Kalle nickt beklommen. »Schmeckt nur nicht.«

Ich denke an meine gefüllten und verschmähten Futternäpfe zu Hause in der Küche und kann ihn tatsächlich verstehen.

»Mads hat auch nicht so richtig Spaß am Essen«, erzählt Kalle. »Und lachen tut er auch nicht.«

»Linna auch nicht«, erwidere ich. »Nicht mal über … die Rappelmaus.«

Wir sehen uns einen Moment lang an.

»Weiß genau, dass Mads Linna superduperlieb hat«, brummt Kalle. »Ich glaub, es tut ihm voll leid. Das mit dem Lügen. Und das mit den Briefen. Und alles.«

Ich nicke. »Linna weiß das auch. Hat sie zu Amelie am Telefon gesagt. Aber sie hat Angst, dass er so was vielleicht noch mal macht, wenn sie ihm verzeiht. Hat sie gesagt.«

»So'n Quatsch!«, mault Kalle. »Das hat er doch nur gemacht, weil Linna so megaempfindlich ist, was diese Nicole angeht. Wenn sie nicht …«

»Ach? Jetzt ist Linna plötzlich schuld? Weil sie immer ehrlich war und gleich gesagt hat, dass sie ein komisches Gefühl bei dieser anderen Frau hat?«, knurre ich.

»Sie sollte Mads einfach vertrauen und nicht gleich das Schlimmste von ihm erwarten!«, grollt Kalle.

»Aber das Schlimmste kam dann doch!«, weise ich ihn auf diese Tatsache hin.

»Aber nur, weil sie von Anfang an damit gerechnet hat«, hält Kalle dagegen.

Einen Moment lang brummen wir uns durch die gekippte Balkontür an. Doch dann hören wir beide schlagartig damit auf.

»Mann, ey, was machen wir hier?«, murmelt Kalle.

Ich schlecke verlegen meine Pfote und streiche mir über den Kopf. »Wir sollten uns deswegen nicht auch noch streiten«, stimme ich ihm dann leise zu.

»Nee!« Kalle schüttelt den Kopf mit solchem Schwung, dass seine kleinen Ohren fliegen. »Sollten uns wohl besser überlegen, wie wir den Schlamassel wieder hinkriegen!«

Ich halte im Putzen inne und schaue ihn verwundert an. »Du meinst, wir sollen versuchen, Linna und Mads wieder zusammenzubringen?«

»Logo! Die gehören zusammen, oder?!«, schmettert Kalle. Und plötzlich sieht er wieder viel mehr wie der alte Kalle aus. Er springt auf und trippelt aufgeregt einmal im Kreis. »Hey, Boss, wir haben doch gerade keinen Kriminalfall zum Ermitteln und Opsalieren. Da können wir doch hier einen Job draus machen, oder? Die Aufgabe ist, Linna und Mads wieder zusammenzubringen! Und wieder zusammen in unserer Paradieswohnung mit dem schönen großen Garten zu wohnen … und jeden Tag jede Menge Spaß zu haben!«

Ich weiß, ich weiß, früher fand ich seine chronisch gute Laune und die ewige Begeisterung für alles und jeden wirklich anstrengend. Aber jetzt spüre ich plötzlich, wie ich von seiner Euphorie angesteckt werde.

»Da müssen wir aber einen wirklich guten Plan ausarbeiten. Bei so was hat man meistens nur einen Versuch«, sage ich und beginne auf dem Balkon auf und ab zu laufen.

»Ist doch kein Problem für so einen Boss wie dich, Kasimir!«, ruft Kalle mir zu. »Au Mann! Ich bin ja so aufgeregt! Wir bringen Linna und Mads wieder zusammen! Und wenn wir erst wieder bei euch wohnen, dann machen wir uns gleich an unseren nächsten Fall! Mann, das wird der Oberhammer!«

»So einen Plan kann man nicht innerhalb eines Morgens aus dem Boden stampfen«, sage ich grüblerisch. »Ich muss in Ruhe darüber nachdenken.«

»Au ja! Mach das! Denk in Ruhe drüber nach, und dann kommst du wieder und sagst mir, was ich machen soll. Wir arbeiten Pfote in Pfote – das machen wir doch, oder?«

Kalle seufzt glücklich und setzt sich wieder hin. Dann sieht er sich in der Wohnung hinter sich um. Und seufzt noch einmal, diesmal allerdings nicht gerade glücklich.

»Das heißt wohl, dass ich hier noch 'ne Weile aushalten muss, was?«

Ich neige den Kopf und nicke langsam. »Ich muss auch schon wieder gehen. Vielleicht kommt Linna nach Hause und macht sich Sorgen, wenn ich nicht da bin.«

Kalle scheint noch ein bisschen mehr in sich zusammenzusinken.

»Jo, schon klar«, murmelt er. »War aber voll cool, mal wieder mit dir zu quatschen.«

»Ich komm ja bald wieder«, sage ich. »Jetzt überlege ich erst mal gründlich, und dann präsentiere ich einen grandiosen Einsatzplan. Bis bald also!«

»Mach's gut!«, antwortet Kalle.

Dann strecke ich mich und mache mich schon bereit, erneut durch die Streben der Balkonbrüstung zu schlüpfen, als ich hinter mir ein Schnaufen höre.

»Kaschimir«, nuschelt Kalle, die Schnauze fest in den Fensterspalt gepresst. »Kanni no wsss frggn?«

Ich drehe mich zu ihm um. »Sicher. Aber nimm deine Klappe da raus. Sonst versteh ich dich nicht«, brumme ich.

Kalle zieht den Kopf ein Stückchen zurück und sieht mich durch die Scheibe einen Moment lang ernst an. Dann fragt er: »Findest du wirklich, dass ich dumm bin?«

Tja, da hat er mich wohl erwischt. Wenn ich ehrlich bin, habe ich am Anfang wirklich gedacht, der dicke schwarze Kerl sei etwas minderbemittelt. Aber dann war er so erpicht darauf, mein Assistent zu werden … Und dann diese gewitzte Aktion, als er den Großen Weißen durch seine Tricks vertrieben hat … Und der Tag des Kampfes, an dem sein Bauchgefühl ihm gesagt hat, dass wir besser nicht in den Nachbargarten gehen sollten … Und natürlich hat er auch Linna zum Schuppen geführt, als ich darin eingeschlossen war.

So was macht doch keiner, der wirklich dumm ist.

So was macht nur jemand, der … dein Freund ist.

Betroffen starre ich in das runde, faltige Gesicht hinter dem Fenster, in die glänzenden Glubschaugen, die mich jetzt so hoffnungsvoll ansehen. Und mir wird klar, dass all das, was ich für Dummheit gehalten habe, nur unfassbare Freundlichkeit gewesen ist.

Kalle kann sich einfach nicht vorstellen, dass jemand, den er für seinen Freund hält, ihn an der Nase herumführt und durch miese Tricks loszuwerden versucht.

»Weißt du …«, sage ich da und kann selbst hören, dass meine Stimme ein bisschen rau klingt. »In einem Streit sagt man manchmal Dinge, die man nicht wirklich so meint.«

Kalle antwortet nicht, sondern hängt mit aufgerissenen Augen an meinen Lippen.

»Nein. Ich finde nicht, dass du dumm bist. Wir zwei haben schließlich den Lorentz-Fall zusammen gelöst, oder?«

Immer noch glotzt er mich unverwandt an.

»Wir zwei sind doch ein schlauer Mops und ein kluger Kater«, sage ich.

Halb erwarte ich, dass er jetzt völlig ausflippt und hinter der Balkontür auf und ab springt. Jeder, der Kalle ein bisschen kennt, würde jetzt einen Ausbruch an guter Laune erwarten. Aber es passiert nicht.

Stattdessen tut Kalle etwas Seltsames.

Er hebt die Pfote, wie um sein Give-me-five-Kunststück vorzuführen. Doch dann legt er die Pfote gegen die Scheibe der Balkontür.

Ich zögere einen Augenblick.

Habe den Drang, mich umzusehen, um zu klären, ob mich auch niemand beobachtet. Aber dann denke ich: Selbst wenn – was ist schon dabei? Schließlich sind wir das coolste Ermittlerteam der Stadt, vielleicht sogar des Landes. Und eines weiß man doch von erfolgreichen Ermittlerteams: Irgendwann, zwischen intelligentem Kombinieren und lebensgefährlichen Abenteuern, werden die Ermittler echte Freunde.

Also hebe ich die Pfote. Und lege sie aufs Glas. Ganz nah an die von Kalle.

ENDE